U0019560

猫頭鷹在黃昏飛翔

みみずくは黄昏に飛びたつ

川上未映子 問

村上春樹 答

劉子倩 譯

Haruki Murakami
A Long, Long Interview
by Mieko Kawakami

貓頭鷹在黃昏飛翔——目次

第三章 失眠的夜晚，和胖郵差一樣罕有

第四章　即便沒有紙張，人們仍會繼續敘述

前言——川上未映子

第一次見到村上先生是在十年前的某個頒獎典禮上。等待上台時，我說：「怎麼辦？我根本沒想好要講甚麼。」村上先生說：「這種時候只要保持笑容就行了。」或許是因此安了心，結果我上台之後滔滔不絕。離開會場後，還被村上先生轉過身來揶揄：「妳這不是很會講嗎？」不禁大笑。

轉眼匆匆多年，我從柴田元幸先生那裡接下採訪村上先生的任務。這次訪談是為了紀念村上先生寫的《身為職業小說家》出版，訪談內容於二〇一五年刊載在文藝雜誌《MONKEY》，並收錄於本書的第一章。之後有幸得到各界「內容很有趣」的好評，村上先生似乎也很滿意，後來，我們在福島的文學工作坊見面時，他還主動對我說：「那個訪談不錯。如果能出版成書就好了。」之後到了二〇一六年秋天。村上先生寫完長篇小說

《刺殺騎士團長》，我終於接到以該書為重心的正式訪談任務。至於訪談內容，全憑我自己做主，可以自由發揮。於是在隆冬時節進行三天訪談，就此有了本書的雛型。

起初我深感「背負著無數讀者的期望」這個重責大任，一邊做準備一邊絞盡腦汁設想各種題目。但是有一天，我忽然醒悟，「想問甚麼，就照想問的方式，直接去問就好了。」（這樣寫很像詩人相田光男的風格），是的，不用在意任何人，打從十五、六歲就一直閱讀村上作品的我，如今只要把我真正想問的問題問出來即可。毋須從水井上方探頭窺視村上先生的井浮想聯翩，只要直接縱身跳進井中就行了。當然如果可以的話，最好是和村上先生同行。這下子心情頓時輕鬆多了。

我從無採訪他人的經驗，訪談過程中一下子問東一下子問西毫無章法，而且打破砂鍋問到底很是囉唆，但村上先生對我的任何問題都鄭重且詳細地答覆。身為寫作者也身為讀者，我從村上春樹這位作家及其作品中獲益良多，但這次的訪談擁有和那些截然不同的差異與震撼力，讓我大開眼界。

在對話中、校稿過程中、驀然出現的比喻中、乃至玩笑中——處處皆有村上先生魔術筆觸的瞬間，名符其實有了一場神奇體驗。身在如此強大的磁場中雖然每次都會有點緊張，不過，第一次見到村上先生時的印象始終如一，得以度過笑聲不絕、非常愉快的時光。

不知各位讀者會如何閱讀本書，迄今我也還不知道這次訪談對我自己會有甚麼樣的意義。不過，重要的是耐心用時間去醞釀，並且掌握真正的時機。我想村上先生也一直在反覆傳達這點。一如希臘智慧女神米涅瓦的貓頭鷹，故事中的貓頭鷹總在黃昏飛翔，就是那一刻。

不過撇開那個不談——首先，各位若也能陪我一起縱身跳入井中，我會很開心。歡迎來到村上先生的井。

| 第一章 |

優秀的打擊樂手，
不會敲出最重要的樂音

這次的訪談地點在西麻布的Rainy Day咖啡屋。生平第一次採訪的對象是村上先生，我很好奇會有甚麼結果，但或許是在準備階段超級緊張，費盡腦筋想太多，當天只留下「果然很開心」這個印象。我以為以後恐怕沒機會再這樣訪問村上先生，所以東拉西扯的，訪問內容感覺很倉促，但村上先生的每個答覆都充分濃縮了精妙奧義與魔術筆觸。訪談結束走出店外才發現地面泛著水光，當我們待在地下室之際好像下過一場雨，而且已然雨過天晴。

朗讀會的回憶

川上未映子（以下表記為——）之前也跟您提過，我十九歲時，去了您在神戶舉辦的朗讀會。

村上春樹（以下表記為村上）那是一九九五年神戶大地震後，為慈善募款而辦的朗讀會吧。這樣啊，那時妳才十九歲啊。

——對。不知怎麼就順利拿到門票了。想想怪不可思議的。

村上　我記得那次分別在二個地方舉辦朗讀會，妳去的是哪一場？

——兩場都去了。

村上　兩場都去了？真厲害。

——分別是在元町的會館和蘆屋大學的禮堂對吧。我二天都去了。當然，消息公布的當天票就賣光了，而且消息公布得也很低調。我當時正好在書店當店員，負責整理訂單和收據，驀然一看，居然有朗讀會的傳單。我心想真的假的，搞不好是假消息，結果一打電話，真的拿到票了。

——那次朗讀會最意外的，就是您說「我要開始朗讀」，然後就朗讀〈隨盲柳入眠的女人〉。那個短篇的長度足足有三萬二千字呢（日文版收錄於一九八四年出版的《螢・燒穀倉・及其他短篇》。中文版收錄於一九九八年出版的《螢火蟲》。修改後的版本〈盲柳，與睡覺的女人〉收錄於《萊辛頓的幽靈》）。

村上　是的。那篇滿長的。後來我很後悔。

——村上先生當場把三萬二千字全部念完了。

村上　我記得那次超累的。

——我們這些聽眾也是打從您一出場就全神貫注嚴陣以待，深怕聽漏一個字，所以等到您真正朗讀的時候大家已經筋疲力盡了。漸漸意識矇矓，一個接一個陣亡了（笑）。結果，隔天的朗讀會上，您說「昨天的朗讀太長，所以今天減肥瘦身後才來」，一晚就把那個短篇徹底改寫過了。

村上　對，因為篇幅太長，我刪減了八千字左右。

——正常情況下，通常會換一篇作品朗讀，總之應該還有別的選擇，可是那次，斯時斯地，〈隨盲柳入眠的女人〉對當地讀者而言是唯一選擇。所以您才會在一夜之間加班改寫這篇作品吧。雖然當時我並不知道臨時改寫有多辛苦，但不知怎地，我非常感動，忍不住排隊請您簽名。

村上　妳去排隊啦。

——排了。一邊和「不，我應該不是那種搶著要簽名的村上春樹粉絲……」的自我意識掙扎（笑）。我現在想起來您的簽名是事先簽好的，現場只是再簽上日期。

村上　那次朗讀會，會場好像比我還緊張。我很少參與那種活動，所以自己倒是覺得挺好玩的。

——對，聽的人其實也都很緊張，乾緊張久了，甚至有人問出語無倫次的問題。當時，全場在沉默中默默吐槽「你在亂問甚麼啊，到底會不會看場合」也很猛（笑）。如今倒是成了不錯的回憶。那次出席人數也很多呢。

村上　的確滿多的。上次有機會在紐西蘭面對二千名左右的觀眾，門票大約四十紐幣（約合台幣一千元），我都懷疑收這麼多錢真的好嗎，搞得我這個主講者都好緊張。

——二千人。那是公開訪談嗎？

村上　對，沒錯。不過其實也沒談甚麼。

「語氣」的變化

——村上先生這些年來，想必針對寫作及相關話題也在不少訪談或散文隨筆中談論過，《身為職業小說家》好像就是概括了您那些發言。這次有系統地出版成書，有何感想？

村上　這本書，不是因為哪家雜誌或出版社邀稿才寫的。是我想把自己對於寫小說這項作業從以前就想說的話寫成文章，說穿了其實是為自己提筆。開始動筆是五、六年前吧。想說甚麼就照實寫甚麼，這樣日積月累下來。但如此一來當然會有種種得罪人之處（笑），所以後來又修改過，好歹改到可以公諸於世的程度了。不過基本上還算是比較率直地寫出想說的話。

——寫完時，有那種終於已暢所欲言的感想嗎？

村上　不，我不認為已暢所欲言。雖然寫了很多話題，但我覺得還有很多話題沒寫到。比方說，關於翻譯就沒談到。

——的確。

村上　將來我打算把翻譯的部分單獨出版成書。屆時，可能會和柴田元幸先生聊上一整本的話題。這樣的遺珠主題還有很多。另外，也有些話題如果說出來會牽涉到特定人物比較不方便公開。

——《身為職業小說家》討論的各個主題，都是自然出現的嗎？

村上　對，把腦海浮現的東西一點一滴寫出來，再按照各個主題依章節整理出來就好了。感覺上就是用一段時間一章一章寫出來。對我個人算是很重要的一本書，所以沒有設定截稿日期，可以慢慢寫。

——我認為這本書的魅力之一，就在於您是對著某人發話。這次這本書有些部分是針對職業作家而寫，也有很多地方好像是為立志當作家的人，或者不寫小說的純粹讀者，甚至是為十幾二十歲時的村上先生自己而寫。您這本書雖無特定對象，但是為的確存在的「某人」而寫的態度，讓人深感魅力。

尤其是看到本書開頭，刊載於《MONKEY》創刊號的〈小說家是寬容的人種嗎？〉這篇文章的結尾那句「歡迎到擂台上」時，我有點驚訝。因為我覺得您以前好像不會用這種類似呼籲的語氣。您在本書也針對寫作談論得非常個人、非常深入，但我感覺語感好像和過去有點不同，從「我們」這個觀點，用有別以往的說話方式對聽眾傾訴，其中是否有您自己在意識上的變化？

村上　我年輕的時候，理所當然的，周遭幾乎所有作家都比我年長。在那種狀況下，勉強要說的話，我處於反對的立場，身為局外人的意識比較強，所以對於上一代作家也有一點較勁的味道。有點拗著性子作對，刻意搞叛逆，不過到了這個年紀，已經沒甚麼好叛逆了（笑）。因為現在幾乎大部分作家都比我年輕。比方說，芥川獎的評審委員，年齡不是跟我差不多就是比我還小。

——是啊。

村上　如此一來，對作家的視線也會改變。以前堅持己見帶有防衛心，現在已經變成「各位請隨意吧」的感覺。沒必要討好別人，也沒必要堅持己見。

——原來有這樣的變化啊。

村上　所以現在，我只是單純訴說「我個人是這麼想的」。並不是要主張甚麼。這本書假想的來聽我「演講」的聽眾中，或許也包含比我年輕的作家，或許也有現在雖非作家但是有志成為作家的人。或許也有雖然沒有去過剛才提到的朗讀會，卻是我忠實讀者的人，或者實際上完全沒看過我的書的人。或許我現在比較有意識地把這些各式各樣的聽眾，很自然地當作一個總體概括接受。這大概是年齡使然吧。有人會對我說的話產生共鳴，有人不會，不過，總之我都想把自己的意見盡量淺顯易懂地說出來。

——過去，比方說在訪談時，對於「有栽培晚輩或後進的意識嗎」這個問題，您曾表示「不太有」，想必現在您還是這麼認為。覺得大家各自自由發揮就好。

村上　對，沒錯。基本上是這樣。我不會幫忙，也不會扯後腿。

——但是，本書那句「歡迎到擂台上」，有種過去的您少有的感覺，站在讀者的立場，好像分享了與過去不同的東西，隱約有種令人興奮的新開始。

村上　對於年輕世代的作家，我並沒有甚麼同儕連帶感。只不過身為同行，若說是職業道德觀好像扯太遠，但至少有這一行的某種共同認知，就這樣。我認為那還滿重要的。

——本書也提到，對於長年堅持寫作的作家「一樣抱著敬意」。

村上　對於專業寫作者，當然，一定有合不合得來或個人喜好的問題，但至少對這種持之以恆的行為，我充滿敬意。因為要把寫小說當成一種職業長期持續寫作，並非人人做得到。

文件櫃的存在

——另外，本書也提到文件櫃的故事，想像起來很精采呢。在您心中也有很多文件櫃嗎？

村上　對，我心中也有大型文件櫃，附帶許多抽屜。

——談到這個話題時您引用詹姆斯．喬伊斯那句「想像就是記憶」也很耐人尋味。無論是意識到或沒意識到的，全都囫圇成團各自塞進文件櫃。這段的重點是，好像不分寫作者或非寫作者同樣擁有文件櫃。

村上　大家都有喔，而且還很多。

——人人各有自己的文件櫃，不斷往裡面塞東西。最重要的，想必就是在適當的時候，瞬間就能找到那些東西放在哪裡，迅速立體地組合起來……那要看文件櫃主人的能力吧。

村上　是的。對於寫小說而言，能夠在必要時迅速打開必要記憶的抽屜非常重要。如果做不到這點，就算有再多抽屜也沒用……因為總不能小說寫到一半時，把每個抽屜都拉開翻箱倒櫃到處找東西。如果無法在瞬間想到「啊，那個放在那裡」，讓那個抽屜自動打開，就無法真正派上用場。

——您說到抽屜自動打開，這個不能靠訓練或努力來達成嗎？

村上 應該說，寫久了，漸漸就會抓到竅門。如果以寫作維生，對這方面隨時會自然地意識到，甚麼東西放在哪裡，憑直覺就知道。這很重要。累積經驗，讓各種記憶更有效果地、幾乎是自動地迅速打開抽屜。

——反之，這種組合或讓它立體化的竅門，或許也有定型化的危險？

村上 放在哪個抽屜大致知道的同時，有些意想不到的抽屜會在意想不到的時候倏然打開，這點也很重要。如果沒有這種意外性就不可能有好小說。因為寫小說說穿了就是一連串意外。小說中必須有很多事物是自然發生。如果規定好了在哪裡就一定得採用怎樣的插曲，故事當然會變得定型化。如果面對驟然出現的事物無法迅速反應，會失去故事的生命。

——有那種資質的人，某種程度上可以在自己內心找到必要的東西，可是站在收納櫃前也毫無感應的人，果然不適合寫小說嗎……

村上 有時只要丟入一片特別的拼圖，故事就會鮮活地出現大幅動向。根據情況找到這片拼圖，就成了非常重要的作業。唯獨這個，或許是一門特殊技術，或者說是天生資質的問題。

——以村上作品而言，比方說《1Q84》的「青豆」這名字就是一個好例子吧？

村上　那個也是我在思考名字的過程中，偶然想到有一次和（安西）水丸兄去惠比壽喝酒時，居酒屋的菜單上有一道青豆豆腐。然後我就想，好，就用這名字吧！

——呵呵（笑）。

村上　雖然是毫不相干的記憶，不知怎地「青豆」這個名字就是突然浮現腦海。感覺上，也許是命中注定吧。如此一來事情就進展得很快了。因為名字挺重要的。

——那麼，同樣出現在《1Q84》的「麥頭」酒吧呢？那又是怎麼回事？（笑）我好喜歡這個名字。

村上　「麥頭」是怎麼想到的？我也不大記得了。不過那如果叫做「白樺」就很無趣了。

——嗯——味道不對吧。我認為村上作品的特徵之一，就在於比喻的巧妙。那些比喻也同樣是自然出現的？

村上　自己就會出現。以前有個評論家說，村上春樹一定在筆記本上抄錄了大量的比喻。其實根本沒那回事（笑）。沒那種筆記本存在。

——那一刻需要的比喻，就會啪的出現嗎？

村上　會出現。感覺上好像是因應必要主動冒出來的。

——真令人羨慕。

村上　沒在腦海浮現出來時，就不用比喻。因為如果勉強為之，只會讓文字失去一鼓作氣的那口氣。

——比喻也同樣是文字的組合，所以或許是不同東西之間的距離？類似一種特技（acrobatic）吧。如果沒有驚奇就不成比喻，比喻得不夠貼切也不行。

村上　嗯。不管怎麼說，距離感都很重要。彼此黏得太緊固然不行，離得太遠也不行。這樣邏輯性地思考起來很困難。還是非邏輯性最好。

——光出想出每個字眼就很難了，能夠猛然浮現出來，這表示那個組合本來也藏在抽屜裡嗎？

村上　應該在。因為我可以輕易地變得非邏輯性。

——真是太令人羨慕了（笑）。

村上　關於比喻，我基本上都是向瑞蒙・錢德勒學的。因為錢德勒堪稱是比喻的天才。雖然他偶爾也會失手，但好的時候是真的很好。

——向錢德勒學習的，是關於比喻的構造嗎？

村上　所謂的比喻，他說就是用來突顯意義性的落差。所以只要在自己內心就感覺上設定好那個落差該有的幅度，便可倒回來推算落差，目測就能大概拿捏得八九不離十。倒回來推算是竅門。這裡如果能砰的丟出一個漂亮的落差，讀者想必會豁然驚醒。因為不能讓讀者看到睡著。如果覺得差不多該讓讀者醒神了，這時就要出現適當的比喻。文章需要這種驚喜。

——您是說，會想在這裡加上落差，是在學習、寫作的過程中漸漸領悟到就是這裡。自然會想到該用的比喻。

村上　是自然想到的。剛才也說了，因為我認為比喻這種東西如果不是自然出現就沒意義。

——要多少有多少？

村上　我不敢這麼說。不過基本上，只要愉快地寫小說，通常比喻就會順暢地自然出現。我從不覺得有那麼吃力。

——大體上都是嗎？沒有過與不足？

村上　我自己也不知道。寫的時候就是很隨興地寫，因為我覺得事後再修改就好。但是關於比喻，我很少修改。想太多反而會更複雜。

——比方說《尋羊冒險記》，猛然出現「羊男」這個人物時，您曾說自己也很衝擊。

村上　以前的事我不太記得了，不過「羊男」出現之前，腦海壓根沒它的影子。總之羊男就是突然冒出來了。

——既然是《尋羊冒險記》，就需要有羊吧。

村上　嗯，當然需要有羊。但我本來也沒打算寫出羊男這種怪胎。

——那麼，該書中的右派大老「先生」，您也沒有在寫作之前先草擬人物速寫之類的嗎？

村上　沒有。就是一邊想像那會是甚麼樣的人一邊寫，人物漸漸自然變得有血有肉豐滿起來了。不過「羊男」是很唐突的以完成品的姿態突然出現。就像從天而降。和逐漸添加血肉甚麼的無關。

——總而言之，先有文件櫃。在您內心，那個文件櫃的內容會自動不斷汰舊換新嗎？能否形容一下是甚麼狀況？

村上　老舊的、過了食用期限的東西，應該會自動消失吧。然後，新的體驗可能又會帶來新的東西加入吧。我沒有定期做庫存整理，所以自己也不清楚。

——但是至少有文件櫃這件事是確定的？

村上　和剛才講的比喻一樣，如果不是最適當的東西倏然出現就沒辦法。或者該說，必須把很多東西召喚過來。寫作，就是把各種事物召喚過來。像靈媒一樣，集中精神後，自然有各種東西主動附著在自己身上。就像磁石吸引鐵片。那種磁力（專注力）能夠維持多久就是勝負的關鍵。

關於「人稱」

——在這本書中，針對創作寫了很多具體內容。您曾說就算是長篇小說，也一樣是在毫無計畫下開筆。情節發展和結局都沒有事先決定，毋寧正因為不知道，寫作才有意義。

村上　沒錯。

——我想這是您對故事的基本態度，同時，寫新作品時，您也曾提到喜歡給自己設定一個限制，或者說目標，比方說這次要做某件事之類的。

村上　嗯，我喜歡設限。

——我很好奇決定與不決定這二個要素在您心中是如何相互作用。

村上　我寫小說時，很多事都是自然順勢而為，要分析或說明反而很難。不過具體說來，決定這次一直用第一人稱或用第三人稱來寫，就是一個自我設限。

——感覺上是一開始先有這種限制，之後就可以自由地盡情發展是吧？

村上　嗯，如果沒有一兩個具體的著眼點會很難寫。

——您從來不會在沒有任何限制的情況下開始動筆嗎？短篇呢？

村上　短篇沒有任何限制，從一開始就寫得很自由，但長篇在某種程度上如果沒那種東西就無法做大格局。必須塑造一個可以在既定規則中自由發揮的環境，否則會雜亂無章。設定的限制中，人稱問題是最大的。

——您從第一人稱換成第三人稱的變化，對於身為讀者的我而言也很重大。所以我想請教，獲得第三人稱後，可曾因此失去甚麼？

村上　到四十幾歲為止，比方說就算以「僕（我）」這個第一人稱為主角，也幾乎完全沒有年齡上的乖離。可是作者漸漸到了五十幾、六十幾後，和小說中三十幾歲的

「僕」就會微妙地漸行漸遠了。會喪失自然的一體感，我認為那畢竟難以避免。

——漸行漸遠是甚麼樣的感覺？

村上　說得極端點，就像在表演腹語。沙林傑在《麥田捕手》中，讓十七歲的主角荷頓以「我」這個第一人稱來敘述，當然寫得非常好，但我總覺得有點乖離感。因為沙林傑自己當時早已過了三十歲。所以沙林傑後來才會再也不採取同樣做法吧。我想大概是同樣的道理。年紀漸長就是這麼一回事。即使別人沒感覺，自己也會覺得「有點不大對」。會漸漸在意那種落差。敘述年輕人時，不用第三人稱就會變得很難敘述下去。

——原來如此。

村上　還有一個大問題，就是小說架構逐漸擴大，各種情節錯綜複雜時，用「我」這個觀點看到的世界，和第三人稱看到的世界，要同時兼顧兩個各自獨立的世界，或者讓彼此互相碰撞，會變得很困難。《海邊的卡夫卡》中，卡夫卡的章節就用「我」敘述，中田先生和星野青年的章節就用第三人稱，那當然是一個有效的方法，但是後來像《1Q84》那樣故事更複雜後，這種折衷的模式就無法應付了。一定得固定用第三人稱才行。純粹是基於這個技術上的理由。

——是。

村上 所以回到妳前面的問題，改成第三人稱敘述後喪失的，就是以前很自然，但現在已不再自然的某種狀況。對那個當然會有點懷念。不過能夠那樣的狀況純粹是一次性的。《大亨小傳》基本上就是第一人稱小說。錢德勒的也是第一人稱小說，《麥田捕手》也是第一人稱小說。我本來就很喜歡這種第一人稱小說，但這些小說的作者全都在某個時間點割捨掉那個了。只有錢德勒另當別論，畢竟他那是系列小說，無法中途改變風格。不得不漸漸改為第三人稱，是故事進化，逐漸複合化、漸層化的宿命。但我個人，老實說，將來還想再寫寫看第一人稱小說。我想嘗試嶄新的第一人稱的可能性。

——您的第一人稱，本來就和一般所謂的第一人稱小說有點不同。像第三人稱那樣發揮作用的層面很大。

村上 我認為那是有沒有私小說因素的問題。我的小說，幾乎完全沒有那個因素。

——是啊。但是讀者有時會把自己代入到故事中，您用的「我」，我認為擁有獨特的功能。

登場人物，不被囚禁的靈魂

——這或許也和「故事與自我」的問題有關聯，您曾說過，您的小說人物，寫到女性或者和自己不同的各種人物時，就像拿自己的腳的大小去配合別人給的鞋子。

村上　是的。對我來說，那是寫小說的一大樂趣。

——因為那完全是虛擬的，就像跟隨夢中發生的情節。您說這樣彷彿在夢中經歷般書寫是樂趣之一，但是比方說，描寫性向少數時，會不會考慮到讀者之中有當事人，所以變得比較慎重？

村上　不會。如果認為自己是普通人，對方不是普通人，才會耿耿於懷，自己如果也變成不普通的人，就沒必要在意。換言之，福樓拜說「包法利夫人就是我」時，他已變成了包法利夫人，藉此，他委由比個人價值觀更大的東西去判斷。

——舉例而言，您寫過有同性戀傾向的人。女同性戀者看了就算不以為然，您也完全不在乎，因為您認為那是小說裡面獨立的虛擬故事。

村上　因為女同性戀者不可能都有同樣的想法吧。就算一律稱為作家，大家也各有不同的文體。那是同樣的道理。

——我想許多作家在這方面，即使沒有ＰＣ（政治正確）這麼誇張的意識，到底還是會在意外界的看法，同時又想寫得十全十美無懈可擊。會考慮現實中的真實與正確吧。但我認為在這方面您一直表現得非常自由自在。不是經常聽說「這個作家不擅長寫女人」或「單方面採用男性的書寫方式」這種說法嗎？

村上　的確。

——好像意指「男作家筆下的女性是幻想」。但我感覺您對這種關於性別差異的問題或指摘並不在意，寫得很自由。

村上　就算寫女人時，我也不大會細思女人是怎麼想的、是怎麼感覺的。就好比說排卵期時是甚麼樣的感覺，這種東西我想破腦袋也不可能懂。我只是很普通的照我自己的感覺寫下去。寫到女人時，女人對甚麼是怎麼感覺的，寫著寫著大致上自然就懂了，哪怕只是懂得一部分。不過在日常生活中當然沒這麼簡單（笑）。

——寫作中，有時那個故事裡的女性會自己動了起來，也會主動發言。和現實生活中關於性別差異的真實現況無關。

村上　所謂真實，與其說有特徵性，毋寧是綜合性。而且真實會不斷推移。不是可以輕易定型化決定「這個就一定是這樣」的東西。基於這個角度，對於性別差異，我很感興趣。無論是男同、女同、或者性別同一性障礙。性別差異中，也有包含那種中間性差的漸層色。它會根據狀況自在變換。我內心也有女性化的因素。我想任何男人內心都有。靈活運用這個因素，可以讓小說活性化。

——您不是常說，寫作就是「假定的累積」。

村上　是的。

——我認為那和這個話題正好呼應。有個本來或許是這樣的您，也有個本來或許是這樣的我。和社會學意義上的性差或許沒太大關係。基本上您的故事本身就是為了動搖現實與非現實之間的關係，或者說，為了動搖我們相信的現實而存在，所以或許可以這樣替換。因此，小說出現的人物，就算有涉及現實中某個特定的性別、年齡或傾向，也不受那個限定束縛，最後會為讀者留下好似靈魂之類不同的東西。

村上　不過如果被人不客氣地斷定「你不懂得寫女人」，我大概會垂頭喪氣有點悶（笑）。

真正的寫實，超越現實

——接下來這個問題和那點也有密切關係，無論在日本或海外，當一本小說掀起話題時，通常只有那本書的書名被特定化傳播，或者說被當成一個content接受。可是唯獨您不同，不分村上春樹哪部作品，您寫的東西好像統統被當成一個巨大的整體接受。說得通俗點，「讀者就吃這一套」。

村上　嗯，嗯。

——比起那種因為此人的作品每次都很有趣，所以想閱讀的外在動機，我認為村上作品的讀者，「內在閱讀」的味道更強。不是從外面去拿有趣的東西，比較像是只要去那裡便可回到重要場所的感覺吧。內在的感覺很強烈。所以我認為您的故事和自我的關係發揮了非常強烈的作用……我想「穿牆」或許是探索這方面奧妙的一個重要關鍵字。

村上　「穿牆」啊。

——我認為「穿牆」是很重大的要素。不久前在《沉思者》（考える人）雜誌的長篇訪談（《1Q84之後》村上春樹Long Interview長訪談）中，您提到只寫寫實長篇小說的話「不會有洩清自己內在的感覺」，令我印象非常深刻。超越寫實主義的「穿牆」感，對作者村上先生或對小說本身，乃至對讀者，好像都是重要的要素。您的小說中，不分長篇短篇，「穿牆」這個要素，始終變換成各種形式不斷出現呢。

村上　嗯，是會出現。因為穿牆就是到另一邊的世界。

——有時是某人的台詞出現穿牆的情節，或者人物本身就是如此，最典型的例子就是剛才也提到的《尋羊冒險記》的「羊男」。《發條鳥年代記》中主角自己名符其實地穿牆，在更早期的作品中也是，例如：《世界末日與冷酷異境》，故事架構本身就是一種穿牆式的設定。雖然經常出現「穿牆」，但若是剛才說的這種非寫實色彩濃厚的小說，讀者應該也可以如實接受「穿牆」這個行為。

所以我想請教的是，要在寫實色彩更濃厚的小說呈現「穿牆」的要素時，您為何沒有被寫實主義拉過去。舉個具體的作品，就像《沒有女人的男人們》中〈獨立器官〉這個短篇的醫師。他經歷了前所未有的大失戀，幾乎是活活餓死地死去。那篇作品基本上就是遵循寫實主義的故事。之所以會讓人感到您特有的「穿牆」要素，是因為就現代醫學常識看來，一般人不可能那樣死掉，渡會醫師卻那樣死了。在那裡，讓他以那種形式死掉，身為作者，不會有點遲疑嗎？正在寫的作品採取寫實主義的筆觸時，難道不會比較慎重地去思考「這樣的死法恐怕不合理」嗎？

村上　在那篇小說，我並沒有特別感到這種遲疑。渡會那個人，被死亡本身吸引，或者說，已經被死神抓住了。他已經逃不掉，那是一種宿命。對我這個作者而言是理所當然，渡會此人過去一直我行我素，活得非常輕鬆愉快，可是有一天，突然被「死亡」抓住了尾巴。已經逃不掉了。是過去欠的債到了償還的時候，或者是宿命，還是人的因果業報，或者單純只是倒楣，這個我也不知道。只是，不管怎樣，死神抓住了他的尾巴不肯鬆手。莫可奈何。這沒有甚麼寫實不寫實。因為一旦被抓住就完了。

——但大多數情況下，通常會踟躕不前吧，尤其是採取寫實主義時。這種按照寫實主義步調發展的小說，我認為很難做到您這種「穿牆」。畢竟，該怎麼說呢……。

村上　妳的意思是會解釋更多？

——與其說解釋，不如說是對現實的恐懼……。要描寫被死神抓住的男人時，想必為了避免被人批評時站不住腳的尷尬，會用更合乎醫學的方式讓他確實死亡。

村上　可是這麼一來，故事就無趣了。

——是啊。

村上　那會讓節奏死掉。我每次都說，優秀的打擊樂手，不會敲出最重要的樂音。這點非常重要。

——原來如此。

村上　不過，在妳指出之前我都沒注意到。因為在我心中自然而然就變成那樣了。但這種事如果要一一解釋會很沒意思。

——所以就算被質疑人在那種狀態下不可能死掉，還是只要說「不，會死喔」就行了。因為故事就是這樣。

村上　我現在漸漸想起那篇小說了（笑）。結果，一般人不是都會覺得那樣春風得意、舒坦過日子的人不可能那樣死掉嗎？但是實際上他就是死了。

——是。

村上　發生意想不到的事，意想不到的人，以意想不到的方式死去。我最想說的也許就是這個吧。真正的寫實，超越現實。光是把事實如實寫出來，不算真正的寫實。必須有更劇烈的寫實。那就是虛擬小說。

——但那是虛擬，不是寫實吧？

村上　是虛擬不是寫實。硬要說的話，大概是被更生動轉譯的寫實吧。挖出寫實的肝竅，移植到新的身體。活生生挖出新鮮的肝臟很重要。小說家就這點而言和外科醫生一樣。必須迅速精確地處理事物。拖拖拉拉的只會讓寫實死掉。

——知道這點，就是一大動力呢。

村上　沒錯。

讓故事「沉潛」

——關於您的故事與自我的關係，我想再詳細請教。您在本書中也提到，「說故事，換個說法就是自己下降到意識的底層。是走入心靈的黑暗底部。」同時，令人興味盎然的，是您在某個訪談中曾說，「對於地面上的自我毫無興趣。」

村上　雖然不是百分百，但我對那種自我，或許幾乎毫無興趣。

——幾乎毫無興趣？對此能否再多說一點？

村上　比方說，我不喜歡看所謂私小說作家寫的那種日常生活中的自我糾葛。對於自己的這種部分，我很少深思。我當然也會因為某些事而生氣、沮喪、不快、煩惱，但我沒興趣去思考那些。

——所以也不想寫那些……？

村上　不想。倒不如尋找自己內在固有的故事，把它拽到台面上，觀察因此發生的現象更有意思。所以我就算看日本的私小說也全然不解意義。

——啊哈哈（笑）。

村上　到頭來，在這點，我認為首先是聲音，voice的問題。我的聲音和別人的聲音如果順利呼應，或者泛音與泛音一致，讀者必然會產生興趣閱讀。最早的《聽風的歌》和《1973年的彈珠玩具》，好像就只是靠那種泛音的呼應引人閱讀。只靠那一點取勝。可是《尋羊冒險記》之後，我把那個聲音帶進小說世界，得以順利與故事的主軸「同步」。簡而言之，我想那是我身為作家一路走來的過程。重點就是先有聲音。如果沒有互相共鳴，就算寫出再有趣的故事，人們恐怕也不會被吸引。

我覺得很不可思議的是，我的小說即使經過翻譯後，聲音也沒有消失。這點一直讓我感到不可思議。我只看得懂英語，但關於英譯本，無論是奧夫瑞・奔鮑翻譯的，傑・魯賓翻譯的，或是菲利浦・葛布瑞爾翻譯的，泰德・顧森翻譯的，大抵上我的聲音都還在。這點真的很神奇。

——那正好也牽涉到私小說的自我階層的聲音，以及您現在說的與小說呼應的聲音之間的差異呢。透過翻譯，語言改變了，自我階層的表層部分當然也會全盤改變……。

村上　嗯，自我階層、地上意識階層的聲音呼應大抵上很淺。可是一旦潛入地下後再出來，即便乍看之下一樣，泛音的深度也會截然不同。曾經潛入無意識底層再出來的素材，會變得和之前不同。相較之下，沒有經過沉潛就直接寫成文章的聲音會很淺。所以我說的故事，簡而言之就是讓素材沉潛的作業。沉潛得越深，出來的東西也會變化越大。

——原來如此。讓故事「沉潛」是個很妙的說法呢。

村上　就像油炸牡蠣讓牡蠣下鍋過個油（笑）。

——炸牡蠣嘩啦下油鍋，會變得很美味呢。

村上　炸四十五秒後，翻面再炸十五秒（笑）。

——您耗時一兩年嘔心瀝血寫到極致的長篇，可以讓故事沉潛，同時，即便再短的作品也同樣有那個作用吧。所以一切聲音即便寬度不同，卻擁有同樣的深度。仔細想想，那很不可思議。

村上　訪談也是。比方說我為《地下鐵事件》做採訪時，受訪的對象不是專業寫手，只是一群普通市民，所以訪談結束後，我把聽錄音抄寫下來的內容在我自己內心又沉潛了一回。不，或許該說，是反過來讓我自己沉潛入對方的話語中。總之，如此一來，呈現的成果明顯和單靠錄音機記錄下來的原稿大不相同。不過，整理過的稿子還得給受訪者看，對吧？結果對方看完說：「對，這正是我說過的話。」其實如果仔細看，內容已經差遠了。

——這個很有意思呢。好像呈現出「沉潛」的本質。

村上　基本上，我向來是我手寫我口。但是其中也蘊含細微的順序之類，追求文章的效果。做到相當徹底的 reconstruction（重建）。

——可是被採訪的當事人看了之後……。

村上　對方認為正如自己所言。因為事實上我並沒有加油添醋或刪除甚麼。我只是把那人的聲音，轉變成更容易與他人共鳴的聲音而已。如此一來，那人想傳達的真實，會變得更真實。這個說穿了就是小說家日常進行的作業。

——這是對「沉潛」極為寫實的說明。

村上　所以於我而言，不管是採訪、寫散文、寫短篇或寫長篇小說，寫作時的原理都一樣。讓聲音變得更真實，這就是我們的重要職責。我稱之為「魔術筆觸」。不是有個故事說凡是麥達斯國王碰觸的東西都會變成黃金嗎？就像那個一樣。如果少了這個「魔術筆觸」，就寫不出讓人願意花錢閱讀的文章。當然每位作家各有自己的「魔術筆觸」。

——嗯，嗯，各有千秋。

村上　不過，這樣單純地說重要的只有魔術筆觸、少了這個就當不了作家，好像很武斷，其實大概人人都有，所以聽起來會相當傲慢。因此我盡量不說也不寫這種話，但實際上就是如此。

——如果針對您的作品更具體地探討「魔術筆觸」，比方說，用三個主題，topic，寫成短篇。這時，也會產生很大的作用。換言之，明明是一開始就定下三個主題，結果呈現出來的故事，不是普通的三題故事，已經在完全無法想像之處結合，脫胎換骨成了一個故事。這就是「魔術筆觸」的一個過程吧。

村上　是的。比方說《東京奇譚集》，就是各選三個關鍵字，寫了五篇。短篇就可以做這種小遊戲很好玩。收錄其中的短篇小說就是以這種感覺一氣呵成。

——換作長篇，就得每天持續「魔術筆觸」的作用了。每天持續，越走越深。

村上　不過也有些日子會覺得「今天沒筆觸」（笑）。但那也沒法子。不可能每天都這麼順利持續魔術筆觸。但還是得毫不懈怠地天天寫作。就算覺得「啊，今天狀況不行」，也不會想就此停筆。不管怎樣還是會寫完既定的字數。反正之後可以再修改，況且若是長篇，也得以長遠的眼光來思考事物。

——會有那種「現在，魔術筆觸出現了」的自覺嗎？或是等寫完之後才發覺？寫的當下會有那種「魔術筆觸降臨了」的感覺嗎……？

村上　基本上是同時。會感到寫到這裡特別順。不過，長篇畢竟是長期工作，所以往往是今天順利明天不順利，周而復始，但如果長遠看來，就結果而言還是有魔術筆觸降臨。我是說就整體而言。總之要相信自己。與其說在寫小說，不如想像自己正在廚房一顆一顆炸牡蠣。

——寫小說是非常私人的行為，也是祕密進行的事，所以往往無法從外在觀察。但剛才您提到寫《地下鐵事件》時採訪一般民眾，就是個非常客觀易懂的說明。

村上　所以，講這種話聽起來好像很自大，但我想別人即使替我整理我的採訪稿，也絕對無法呈現那種成果，是因為有我才有那樣的書。這不是自我炫耀，是我本來就想做那樣的書，刻意為之。結果，就各種角度都讓我學到很好的一課。

——那和您做翻譯也有相通之處嗎？

村上　這我就不知道了。我做翻譯時，只是盡可能誠實地按照原文來，把那個當成翻譯的第一要義。

——可是，在您不知不覺中好像還是施展了魔術筆觸吧（笑）。

村上　嗯……若真是如此，那完全是無意識的行為；我自己不知道。我自認只是有一說一，把英文老實轉換成日文而已。就簡短的句子或段落看來，並不顯眼，但就整體看來，或許就會緩緩滲出我自己的味道吧。雖然我並沒怎麼意識到這點。

——歸根究柢，當您起意想翻譯某本書時，或許就已開始了。我是說，這種魔術筆觸，或者共鳴。

村上　我只是翻譯，完全沒有想過「這裡如果是我可以寫得更好」就隨便改寫。我是按照作者寫的東西，忠實移植作者看到的風景，所以不會擅自更改內容。和我採訪後聽錄音帶抄錄原稿時一樣，調動前後順序，調節文章長短，這是常有的事。把太長的文章分成幾段，串聯簡短的文章。因為英文的寫實和日文的寫實畢竟還是有點不同。但那是任何譯者都會做的吧。只是就結果而言或許變成了我個人的筆觸。

——結果，讓故事沉潛的魔術筆觸，最重要的還是技術的問題嗎？

村上　不，我想應該不是。技術純粹只是手段。作家是寫文章的專業人員，當然必須有技術。把技術組合、統整起來很重要。

——除此之外的，就讓故事沉潛是吧。

村上　那當然。以我的情況，首先是節奏吧，對我來說節奏最重要。比方說翻譯時，雖是把原文照實正確譯出，但有時不得不改變節奏。因為英文的節奏和日文的節奏本來就不同，必須把英文的節奏自然巧妙地轉換為日文的節，如此文章才會生動。文章技術就是為此所需的工具。

——原來如此。果然還是要靠節奏。

村上　對，節奏。但這純粹是我的情況是這樣，沒有節奏就無法開始事物。

文章的節奏，關於修改

——拜讀您的短篇小說，撇開技巧性或長度或故事概要這些東西，看完之後會留下深刻的印象，激發許多寫作者想要把那個印象重現。比方說，以我個人為例，看了〈象的消失〉這個短篇，我心想「我也想寫那種」，或許可以稱為「見賢思齊」吧（笑）。我覺得那果然還是受到您的文章節奏的影響。我也無法妥切解釋，總之就是「那種」的感覺。

村上　簡而言之，就是小說的聲音和讀者的聲音相互呼應吧。其中當然有節奏，有聲響，有呼應。但那個聲音要怎麼製造呢？說穿了就是靠「修改」。起初先寫草稿，之後一次又一次修改，琢磨，幾乎到開始擔心會不會就這樣永遠沒完沒了地修改下去時，就會漸漸形成自己的節奏，變成順利呼應的聲音。比起眼睛，主要是用耳朵在修改。

——《身為職業小說家》中，您也熱切地談到修改。

村上　我的修改，不是我自誇，還挺厲害的。雖然我不太想自我吹噓，但唯獨這點我覺得可以引以為傲。

——起初，不管三七二十一就是全部寫出來就對了是吧。不回顧，雖然會重看昨天寫的，但就是先寫下去。不會特別回顧前面那段寫得如何。

村上　反正事後再修改就行了，所以寫第一稿時，就算有點粗糙，總之我只想著繼續前進。順利乘著時間之流，不斷前進。把眼前出現的東西一個不漏地捕捉下來。當然若只是那樣，故事會到處出現矛盾，但是不用管它，事後再調整就好。重要的是自發性。因為只有自發性是技術無法彌補的。

——要這麼一路完成，是很不得了的作業吧。

村上　嗯，是很不得了的作業喔。所以我寫長篇小說時，只能一氣呵成。絕對無法邊寫邊在雜誌上連載。真要連載時，也是把已經全部寫完的作品分批連載。因為是全部寫完才發表，有時甚至要耗費好幾年，況且寫作是孤獨的作業，所以會很累。有些人認為就算不是全部完成，反正先登在雜誌上，事後要出版時再修改也來得及，但我無法那樣做。一旦印成鉛字公諸於世，就已不再純粹只屬於自己了。無法再繼續黑暗中的作業。所以，總之就是花時間修改到自己滿意為止，然後這才印成鉛字。《尋羊冒險記》以來，長年來我一直是這麼寫作的，除此之外的寫法我不會。

——透過本書才第一次具體得知您修改了多大的數量，讓我非常驚訝。最驚人的，就是您雖然採取這種做法，還能夠這麼多產。

村上　寫長篇時，完全不做其他工作，所以可以精神完全集中。對我來說，專注就是一切。

——剛才講到節奏的話題也提到一點，您也常用音樂的比喻。

村上　我喜歡看書，但對寫作本來沒有太大興趣。就個人心情而言，或許更偏愛音樂。

——沒想過要當音樂家嗎？

村上　很遺憾，我不擅長演奏樂器，所以沒希望。不知怎地我就是很怕練習樂器。不過，如果我擅長樂器，搞不好真的會走音樂那條路。

——對了，您的小說中，好像很少有男性音樂家出現。我現在臨時能想到的，頂多是〈東尼瀧谷〉的瀧谷省三郎（收錄於一九九六年出版的《萊辛頓的幽靈》）？女性倒是很多。在她們身上，該怎麼說，好像有某種喪失感與音樂密切結合。

村上　我沒發現，或許吧。不知道為什麼。在我心中，或許音樂和女性特質很自然地連結在一起。

總之，我從小就一直愛聽音樂，還經營了七年左右的爵士咖啡店，所以雖然不會演奏樂器，但對節奏啦、嗓音啦、即興演奏的感覺，好像已經深入骨髓了。所以我想的確有點是用演奏音樂的感覺在寫作。一邊用耳朵確認一邊寫文章。還有，這或許不是「穿牆」，但真正卓越的演奏，有時會忽然「穿越」另一頭。無論是爵士樂的長篇即興發揮或古典樂，在某個時間點，都會有踏入天堂領域讓人驚豔的瞬間。

——是啊。

村上 如果沒有這種驀然間「去了彼方」的感覺，就不可能是真正動人的音樂。小說也完全一樣。但那純粹是「感覺」、「體感」，無法靠理性邏輯去計量。無論音樂或小說。

村上春樹驚人的「率直」

——這次這本《身為職業小說家》的「後記」，讓我很感動的，就是您在這行堅持了三十五年，對寫作的態度當然一貫不變，但您在自己開始寫作前，就很愛看書吧？

村上 嗯，非常喜歡。

——那您不是本來就很熱愛小說嗎？那個世界，牢牢札根在您的深處，現在輪到您自己來創造那個世界，能夠以作家身分堅持到這個地步，真的可以感受到您如今也有很大的喜悅和驚奇。

村上 在我成為作家之前，我只把看書當成嗜好，壓根沒想過自己寫小說。可是因為偶然的契機寫了《聽風的歌》和《1973年的彈珠玩具》，我發現寫作並沒有那麼難。若說是利用工作餘暇就寫出來了好像很自大，但就我真實的感受而言，的確只是想到甚麼就不假思索寫甚麼。照那樣下去其實也有可能就此輟筆。因為當時正職也上了軌道，我也很喜歡開店。可是我感覺「還想寫更完整的東西。一定能寫出來」，結果那樣一寫，自己想寫的世界就逐漸擴展，讓我覺得很有意思，於是就這麼寫了三十五、六年小說。在我看來，真的是除了驚奇沒別的了。因為，在那之前我從沒想到自己也有寫作的才華。

——從「後記」可以看出您對這點是真的一直很驚奇。上次出版的《村上先生的所在》①也有這種感覺，您真的是很率直，說話很誠實呢。

村上　因為本來就沒甚麼好隱瞞的。

——可是像您這種人其實很少見吧？

村上　會嗎？我也不知道。

——這當然只是一般而言，但大多數男性好像很害怕讓人發現自己無知或不懂。好像非

①村上春樹透過這個臨時網站，回答讀者用電子郵件提出的問題，之後集結成書。

得讓人覺得自己無所不知才能保住地位，如果自己無法對某件事立刻做出說明就覺得很失敗。好像有那種想掩飾自己無知的傾向。比方說，不喜歡向人問路（笑）。

村上　哈哈哈。我很不擅長解釋各種事。不知道就是不知道，不懂就是不懂。那本來就沒辦法。

——您的率直甚至讓人覺得好像是繞了一圈在扮演「村上春樹」。

村上　不，沒那回事。不是表演。我沒那麼靈巧。

——我想也是。但這點還是很驚人，一定要強調一下（笑）。比方說您經常說「故事需要鰻魚[②]」，「有困難，找鰻魚」，我第一次在書上看到時，還曾懷疑「明明全都知道才寫的，結果又扯甚麼鰻魚！怎麼可能甚麼都沒計畫還能寫出那種小說！」（笑），但其實不是吧。您搞不好真的和鰻魚商量過。您這麼率直，真的很令人驚奇。

村上　嗯……承蒙誇獎很高興，不過，我自己一直覺得受到世人嫌惡。

——這倒是意外。您不是打從一出道就廣受讀者支持嗎？

村上　或許是有一些人肯定我。但是，比方說在路上遇到，不是會有人說「我是您的小說忠實讀者」嗎？當然那可能是真心話，可我忍不住會想像，再過兩年，這人搞不好就會說「村上這傢伙已經不行了」。我會猜想對方八成想說「村上以前還不錯，可是新作完全不行，看不下去」（笑）。大體上，我一直是抱著那種想法生活。

——就算當時如此，那麼，現在的狀況呢？

村上　現在的狀況啊，我也不清楚。當然，寫了三十五、六年小說，現在好歹書也還算暢銷，收入足以生活，所以我想應該有一定的讀者，但在我自己看來，幾乎完全沒有受到支持的感覺。長年來，我一直覺得自己幾乎被世間所有人討厭。不騙妳，這是真的。

——即使在《挪威的森林》出版後也這麼覺得？

村上　一直這麼覺得。毋寧該說《挪威的森林》出版後更嚴重。我討厭這樣，所以離開日本去了國外，算是過著比較孤立的生活。仔細想想，待在日本的時間或許更少。

——真不可思議。如果是單純被消費的那種暢銷方式，您有這種感覺我還能理解，可是您的讀者基本都是鐵粉吧。而且是長年追隨的鐵粉。

村上　所以，我認為有人適合出名有人不適合。我就完全不適合。我從來沒有為這種事開

②這裡的「鰻魚」，或許是形容村上作品重要精髓的一種比喻。因為無法明確訴諸言詞，所以用滑不溜秋無法捉摸的「鰻魚」來形容。

心過。今天走路來這個訪談地點時，也有一個年輕男孩騎腳踏車追上來對我說，村上先生，可以握個手嗎？我說可以啊，就跟他握手了，但我還是不大理解那種事，總覺得好像完全事不關己。

——那才真是地上的自我問題。

村上　是真的覺得事不關己。我這人怎麼看都是普通人。不是表演，是我真的很普通，想法也普通……才怪？（笑）

——（笑）。

村上　不過基本上，我就是很普通的人。雖然想法或許有一點點不普通。

關於中上健次的回憶

村上　以前我剛出道時，無賴派作家還很吃得開呢。

——的確有過那樣的時代。

村上　每晚在鬧區歡場喝得醉醺醺大打出手是普通狀態。我出道時，最有力的，是比我們這一代稍微年長的中上（健次）先生，他擁有某種主導權。中上先生這個人，該怎麼形容呢，也不算是無賴派，可是愛喝酒常鬧事。

——聽說是非常豪放的人。

村上　（村上）龍也是自由奔放的類型，更早一輩的，還有吉行（淳之介）先生，感覺有點行事出格，會去銀座花天酒地，活在類似那種感覺的世界。

——我認為現在文壇也有喔。有文藝雜誌，也透過這種人際關係和活動存在。不過，我不大能夠想像，就在不久之前還有想明確掌握主導權的作家。那個作家的意見和臉色具有左右各種事物的氛圍嗎？比方說對新進作家的評價。文評家昔日扮演這種角色我倒是能理解。

村上　該怎麼說呢，就像約翰・柯川（John Coltrane）象徵六〇年代的爵士樂，中上先生給我的印象就是極為自然地立足文壇中央。

——就我個人感覺，現在好像已經沒有那種所謂的文壇中心了。日本文學方面，比方說您……您不能當範本，是特例。所以比方說中上健次先生，還可以找到那個時代的範本，或者可以感到某些連結。但是，現在就算想成為您這樣的作家，也找不到範本。無論活動或被閱讀的方式，都已沒有範例。

村上　因為我是個非常自我的人，就像這次這本書也提到的，若說我這個人，或我的做法，對於今後想寫小說的人有甚麼參考價值或範本，這我完全無法想像。

——可是，您在藝文界之外也受到絕大矚目，實際上的確是當前擁有最大影響力的作家吧？

村上　會嗎？我不這麼認為。

——不，您的地位，就某種角度我認為是空前絕後，不過這個問題問您本人也沒用（笑）。您不是也說，自己在文壇或藝文界的立場已經改變了？

村上　嗯，改變了。首先，現在的藝文界，或者說藝文業界，沒有中上先生那樣的人。沒有核心人物。或許可稱為中空狀態。結果，許多人好像是靠著「殘存記憶」在行動。我自己是想和這種東西保持距離。

——包括您的粉絲，還有之後的作家及讀者在內，個人主義的姿態果然已變成理所當然呢。以前您剛出道時感受到的那種壓抑的氛圍，已經很淡了。不過也可能只是我自己比較遲鈍（笑）。

村上　我出道時，在文壇中最討厭的，就是某種主題主義。只因為選擇某個主題所以就是純文學、有深度……我最討厭的就是這種。所以，我想寫的是把主題全部拿掉，還是可以有深度、有重量的東西。現在不只是我，事物漸漸都也朝那個方向移動了。移動本身，當然不是壞事，但取而代之出現了甚麼呢？好像尚不明確。

說句題外話，我之前提過第一次見到中上先生時的情形嗎？

——提過，是雜誌安排對談的時候吧（《國文學》一九八五年三月號特集〈中上健次與村上春樹〉，中上、村上二人對談「從工作的現場」）。

村上　正確說來，那次並不是第一次。中上先生在我成為小說家前，曾經來我開的店喝過一次酒。很偶然。不過那時我們沒有正面對話。然後，對，後來在新宿的中村屋見面，進行對談，對談結束後，中上先生和我單獨搭電梯，他邀我：「現在要不要一起去喝酒？」我婉拒說：「不了，我要回去。」因為當時我認為作家同行這種來往好像不大好，況且當時年輕氣盛，不知天高地厚。不過現在回想起來，當時實在應該一起去喝酒才對。

那次，我是看完中上先生全部著作才去對談。而且我認為他是真正優秀的作家，現在也這麼認為，可是那時候，只想堅持己見的念頭很強烈。畢竟年輕嘛。

——那次對談本身大致上是好的對談嗎？

村上　不知道。當時彼此實力還完全不同，所以我也不知道是否有達成真正的對話。

——但那次是中上先生主動找您對談吧？應該是因為他在意您，或者說，肯定您吧？

村上　當時如果有新人出現，前輩作家好像就會有那種「是甚麼樣的傢伙，先來鑑定一下」的味道。

——類似一種加入儀式。

村上　我有時會想，那天如果一起去喝酒了不知會聊甚麼。搞不好大打出手（笑）。

——中上先生的確精力充沛。

村上　不過說到傲氣，或者說自大，年輕時的我恐怕毫不遜色（笑）。

——村上先生當時感到的上下關係，或者說，該依附於哪個主導權，擁有那種權力欲望的人，我想在任何世界都有一定的數量，但那已無法和現在的作家共有了。

村上　但願是這樣。

「頭腦沸騰」的時間

——另外，這本書很有趣的，就是看到您寫道「寫完長篇小說的作家幾乎都會腦充血，腦漿過熱神經不正常」，我忍不住笑了，不過冷靜想想，還真是這樣。接著您還說「神經不正常這本身不是太大問題，但至少必須自覺『自己現在不太正常』」（笑）。

村上　是的。如果沒有某種程度的發瘋，根本寫不出長篇小說。

——所以您說「對於發瘋的人而言，神經正常者的意見還滿重要的」，但您寫作的時候，知道自己現在不正常嗎？

村上　知道，但就算知道也沒用。因為頭腦發熱，好像哪根電線迴路斷掉了，自己也無能為力。腎上腺素不斷流竄。耗費好幾月好幾年聚精會神寫長篇小說，寫完之後，已經無能為力了。總之那種狀態就像火車已經全速前進。

——哈哈哈。

村上　就算叫它停車，也停不下來了。只能慢慢花時間拉開距離讓它減速。不可能突然說停就停。所以只能慢慢調整呼吸，漸漸停下來。

——那時氣氛是好的嗎？

村上　當然，當然。

——雖然腦袋沸騰，卻是舒爽的沸騰？

村上　列車停止，終於可以喘口氣讓頭腦冷靜，然後再回頭看稿子，就會漸漸發現「啊，這裡寫得不好」或「這裡還差了一點」。所以，在列車徹底停止前不能把稿子交給編輯。

——一定要有段緩衝時間嗎？列車沒有完全靜止前不能交稿？

村上　不能（笑）。頭腦發熱時，看不見壞的部分。只看見好的。

——事事都得等恢復清醒再說。

村上　不過，現實中如果有截稿日期，要那樣做恐怕也很難。

——編輯可不會等人恢復冷靜。雖然作家理想中本來應該是這樣……那個環境，某種程度上也是自己製造的吧。

村上　是啊。我見到瑞蒙・卡佛時，聊了很多，也聽了他的執筆方法，頗有果然如此的共鳴。因為他也是喜歡一再修改的人。

追求只有自己能做的事

——還有，這本書中，也提到核電廠事故及社會問題。小說家會不會針對社會問題發言，雖說要看那當下的氛圍變化，但小說家也經常被人批評太不會發揮功能、太沉默。一般而言，包括我在內，現在的年輕作家——當然也有積極活動、發言的作家，但「小說家是寫故事的人，所以應該和這種社會問題畫出一線之隔」的態度也有很多人理解。而且我覺得其中也有村上先生的影響。我是說，小說家不發表意見很重要，保留判斷，只是繼續觀察寫故事很重要這樣的態度。

村上　這樣啊。那我好像造成了負面影響。

——不，我不認為您有錯，但那樣，或許有點太輕鬆？比方說我對自己就會這麼懷疑。小說家首先好好寫故事才是重點，村上先生一再這麼強調，所以我們好像會拿您那句發言「只擷取對自己有利的部分」當擋箭牌。雖然無人來徵求意見，卻從迴避發言的舉動替自己找到某種正當性。不過您能夠這樣做的時代背景，與當今作家依據的文脈，其實截然不同吧。您出道當時就表明要選擇超然事外的立場，其實是非常主動性的行為，也很政治性。

村上　是啊。因為對六〇年代學運感到幻滅吧。

——您採取超然事外的態度，在當時，就某種角度等於是選擇更深的責任。但我們現在置身的超然態度，或許就是不冒您這種風險，只是迴避風險的「淺超然」。當然這個問題最終還是大家自行選擇即可，不過今後的小說家，現在二十歲以上四十歲以下的作家們，到底該和社會締結甚麼樣的關係……。

村上　我剛出道時，之所以不太想做社會性發言，是因為第一，我對學運時耗費大量言詞卻徒勞無功懷有強烈的憤怒。我不希望讓語言繼續枉死。對所謂新左派人物的言詞深感牴觸，我在思考到底該如何才能一邊迴避那種東西一邊表達自己的想法。那非常困難，因為我是個很自我的人。就算去神宮棒球場也不會唱〈東京音頭〉替養樂多隊加油（笑）。至少，要避免以前那樣空耗語言的弊端，又要以個人身分發出社會訊息並不容易。到底該怎麼做才好，我也還在摸索中。不過，並不是小說家就不必做出社會發言。

——對，我同意。

村上　勉強要說的話，最近偏右派的作家好像比較常發聲。

——是啊。說的話讓人很懷疑此人是不是瘋了。

村上　對此當然會有危機感。不過現在已經不是以前那種「上街頭行動，去路上吶喊」，至於到底該採取甚麼方法，我也還在摸索。慎選遣詞用字讓訊息傳達得更好、找到打造場所的方法，這就是我現在誠實的想法。

——過去，口號式的語言只是表面文章，被人消費，膚淺的言詞蔓延，基於對這種狀況的危機感，您用書寫故事來對峙。當然，我想今後您應該也會在小說中繼續這樣的作業，但現在您還在摸索另一種方法嗎？

村上　是的。我認為某種程度的實話應該說更多。差不多到了該這麼做的時候。不過雖然這麼想，或許還需要一點時間。

——今天光是能聽到您這句話就夠了……

村上　泡沫經濟瓦解，之後發生神戶大地震，三一一大地震，福島核電廠事故。經過這些考驗，我以為日本會變成更成熟洗鍊的國家。然而現在顯然正背道而馳。這是我產生危機感的理由，也讓我感到必須做點甚麼。結果，我們在一九六〇年後半起而奮戰，是因為根柢有理想主義。因為我們大抵上相信，世界基本上應該會變得越來越好，為此不得不戰。就某種角度看來這的確是天真的想法，但總之就是因為有這種理想主義在發揮作用。當它輕易瓦解後，幻滅感也就更強了。不過，最近我感到也許之後它只是繞了一個大圈子。畢竟不可能永遠做同樣的事，也得加入某些新動作。如果問我那是甚麼我也答不上來，但原則上，只能堅守自己的崗位，保持淡定且誠實的心態盡力而為。唯一的問題是，寫小說的作業，和發表具體聲明，這二者的界線在哪裡，這個分寸的拿捏相當困難。

——把分析與說明當成其中一種手段寫散文，對創作不會有甚麼好作用。這不是您常說的嗎？我認為近似那種關係吧。表明個人立場、針對某事發言就某種角度而言是自討苦吃，所以個人權益也會減少吧。現在的年輕作家，在當今狀況下既想寫小說也想嘗試各種事，又想做只有小說能做到的事，或者覺得自己必須採取具體行動，總之我想當前狀況是人人各有想法。

村上　認真追求自己能做的，最好是只有自己能做到的，對我而言就是重要的標準。這個「只有自己能做的」，該如何發現，如何找到與外界的切實接點，並不簡單。

——對某人而言可以是示威抗議，總之是甚麼都行，但那必須是只有自己能做的……。

村上　畢竟是小說家嘛。創作者還是會把追求只有自己能做的放在第一優先。或許會繞點遠路，但若是就社會立場考量覺得這樣做是正確的所以才做——這好像就發想而言有點不對吧。

與書本邂逅開始的奇蹟

——這次我強烈感到的，是您打從開始就強調三十年前一再重述的話，那就是不能養贅肉，要過規律生活，主動的等待，而且要沉潛到內心深處，又能維持體力足以從底層回來，這就是您認為「身為職業小說家」很重要的事。

村上　嗯。好像就靠著這一招半式闖江湖，但我一直強調的就是這個。

——那當然是您的人生態度，就此意味而言，除了您誰也無法重現，但我深深感到讀者或也能從中學到很大的一課。您的文章中出現的節奏，或者讓故事潛藏時出現的東西，讀者也確實接收，會想要接近那樣的東西，懷抱著憧憬。所以有一陣子只要舉辦新人獎徵文，據說很多報名者的作品都是模仿您的文風……。

村上　這個我也經常被說，但我真的不懂（笑）。到底怎樣才叫做相似？

——有些小說讓人看了只能覺得「這個作者一定很愛村上春樹……」。

村上　有時也有人叫我看一些被批評「和村上春樹一模一樣」的文章，但我自己壓根不覺得像。我很懷疑到底是哪一點像？

——是啊，可以感受到對您的喜愛，也可以描摹類似的氛圍，但是說到像不像您，或許又另當別論了。

村上　六〇年代末期，馮內果或布羅提根那些作家相當受歡迎，我當然也喜歡，所以曾想過自己要是寫得出那種文章該多好，但實際上我根本寫不出來。那些人的小說風格讓我感到「啊，原來如此，小說這樣寫也行。原來也有這招」，彷彿帶來一股清風，讓我獲益良多。但是文章不可能直接模仿。

——寫不出來，而且就算模仿了也毫無寫作的意義。這點，是村上先生才會的「村上魔術」，我知道那當然是您在持續寫作中磨練出來的，就方法論而言也非常洗鍊，但在那之前，我想早在您開始寫作之前，您的內在應該就蘊藏了類似璞玉那樣的東西吧。

村上　大概有吧，應該不至於完全沒有。不過這純粹是就結果倒回去推論。

——開始寫小說前的生活中，比方說寫給別人的信函或對話，是否也有那種「魔術筆觸」發揮作用？我是說，和創作無關的日常生活中。

村上　我覺得自己寫情書倒是寫得挺好的，很有說服力。

——果然（笑）。我輾轉聽說，您在中學時代，好像是傳說中的風雲人物。

村上　我也不清楚，電影導演大森一樹也念過兵庫縣蘆屋市的市立中學——但他比我小三屆——跟我那時的班導師是同一位，聽說他編輯甚麼文藝雜誌或作文選集時，被那位班導師批評「這樣不行，三年前有個很厲害的學生叫做村上，你比他差遠了」（笑）。他說，「春樹兄，原來你從當時就很有名。」

——在大批學生中，能被老師這麼說，可見您真的很傑出。

村上　但我自己沒有特別感覺。

——當時您就已經喜歡寫作了嗎？

村上　不，沒那麼喜歡。老師教我們寫作文時，雖然常誇我「寫得好」，但我自己並不覺得有多好，寫作文也沒甚麼好玩的。不過，我曾經幫同學寫讀書心得報告，賺了一頓午餐。因為那傢伙寫不出來很傷腦筋，我說那我幫你寫，你請我吃午餐，然後提筆刷刷刷就寫了。仔細想想，做的事和現在一樣（笑）。相對的，沒怎麼認真準備升學考試。所以我感覺幾乎完全沒受到學校甚麼照顧。

——您在獲得早稻田大學坪內逍遙大獎發表得獎感言時就說過，「完全沒受到學校照顧」

（笑）。

村上　對，大致上都是我一個人在做各種事。幾乎想不起來有從學校學到甚麼，忙自己的事都忙不過來了。

——在那時候您就已博覽群書了，所以就算不用功，起碼應付世界史和國語應該沒問題，尤其是英文。

村上　嗯。我看了很多那種書，按照自己的步調，好歹考進了大學。因為在那個時代，早稻田的入學考試其實算是容易的。

——真的假的（笑）。歸根究柢，您還是喜歡看書吧。

村上　主要可能是因為我是獨生子。當然也會在外面打棒球、去海邊游泳，但一個人的時候多半在看書。我家有很多書，只要有書就不會無聊。貓和書就是我當時的好朋友。

——如果有人成為「職業小說家」，要維持下去，首先就得從喜歡書開始吧？可是唯獨最關鍵的「喜歡書」這點無法傳授，也無法強迫一個人去喜歡。唯有一切的偶然集合，有機會邂逅書籍，又有一個熱烈尋求書中世界的靈魂，否則我想不可能持續寫下去。在村上春樹這個人身上，這些奇蹟般的偶然重疊，開始寫長篇小說，報名參加新人獎徵文……最後，才有了《身為職業小說家》這本書出現。

村上　是啊……總之我在這本書最想說的，就是要成為作家的話，「與自己選定的對象全面關聯，那個投入（commitment）的深度很重要」。至於那個投入是甚麼樣的，方向性和內容當然因人而異，但至少一定要有「深度」。如果沒有這個深度，沒有支持深度的膽識，哪都去不了。之後就看運氣了。我想我大概算是運氣很好。因為只能這麼想。

——像村上春樹這樣一位作家如此開拓創作之路，雖然不可能完全一樣，但每個人，透過投入的深度，也可以有這樣的過程，也可能發生奇蹟對吧。這本書就是啟發讀者可以用那些方式來達成。

將來想開爵士樂俱樂部……

——《身為職業小說家》的封面超棒的。封面您那張照片，我一看就覺得很有荒木（荒木經惟）風格，結果果然是他拍的。

村上　那是不久前為《紐約時報雜誌》的報導拍攝的。我想應該是荒木先生受紐約時報的委託拍攝。

——荒木先生在您和小澤征爾先生的對談集時也拍過二位的照片吧？

村上　對對對。荒木先生很有意思。拍照時還叫小澤先生和我「能不能再靠緊一點」。對方如果是女的也就算了，居然叫我和小澤先生「靠緊一點」（笑）。

——顯然是拍得渾然忘我了（笑）。他非常迷人非常有趣。雖然生病了，照樣發表許多作品，真的讓人很高興。

村上　被妳這麼一說才想到，當時荒木先生和小澤先生一直在聊癌症（笑）。

——您完全沒生過病吧？

村上　一次也沒有。

——那也很厲害。

村上　幾乎從未病倒過。很誇張。

——會感冒嗎？

村上　偶爾會。大概四、五年一次。

——看您的散文，好像也沒住院過。

村上　完全沒有。不過，我每年都會參加一次全程馬拉松，但越跑越慢，我深切感到那是年老的證據，沒辦法。不過，馬拉松越跑越慢，能夠藉此確認自己年紀漸老，就這個角度而言也是好事。否則會搞不清自己的位置。我沒小孩，也沒同事，如果沒有這種定點觀測的機會，會有點搞不清楚。

——就這個角度而言，每天運動和寫作的關係……啊，如果再訪問下去恐怕會有無限多問題，還是就此打住吧……今天謝謝您，耽誤這麼長時間，辛苦您了。今後也衷心期待您充滿企圖的作品。

村上　謝謝……不過將來我希望開個爵士樂俱樂部（笑）。

——您想開那個！

村上　不寫小說後，我想在青山那一帶開個爵士樂俱樂部。像亨佛萊・鮑嘉那樣打著領結，對店裡的鋼琴師說「我不是叫你別彈那首嗎，山姆」（笑）。

——您好像已經都想好了嘛（笑）。甚麼時候開店？

村上　我巴不得明天就開，但我還想寫更多小說。正在苦惱。

（二〇一五年七月九日　於 Rainy Day Bookstore & Café）

| 第二章 |

地下二樓發生的事

二〇一七年新年剛過，我們立刻在新潮社俱樂部碰面。距離上次訪談已過了一年半，這天以這段期間村上先生創作的長篇小說《刺殺騎士團長》為中心進行長談。望著清冷的冬日庭園，雖是坐在暖桌前以安詳氛圍開始的訪談，但我問得太起勁，驀然回神竟然一口氣聊了將近四小時。結束後，村上先生笑著說：「這樣還要再談二次？真的？」我的午茶點心是巧克力，村上先生吃了半個甜甜圈。晚間大家共享蕎麥麵。

標題與人稱如何決定

——這次的訪談我想以長篇小說《刺殺騎士團長》為中心來請教，村上先生在寫作過程經歷了甚麼體驗，寫完後對那個體驗有何感想——這個作品如果是一口井或一個洞，通常一口井只能容納一人進入，但這次我也想一起進入井中。而且我希望能把在井中所見化為文字。

村上　嗯……好像有點難，加油吧（笑）。

——首先，不管怎樣都得先談談這出色的書名《刺殺騎士團長》。我想先請教，這個名稱是怎麼來的？

村上　就是有一天，「刺殺騎士團長」這個字眼突然浮現腦海。我心想，「必須寫一本叫做『刺殺騎士團長』的小說。」雖然完全想不起來為何冒出這種念頭，總之它就是突然浮現。就像雲朵從看不見的地方出現。

——不是因為聽了莫札特？

村上　不是，和那無關。有一次，是在走路還是吃飯，我已經不大記得了，總之就是突然浮現腦海，就此縈繞不去。寫《海邊的卡夫卡》時好像也是這樣。是從「想寫一本叫做『海邊的卡夫卡』的小說」開始的，然後我心想，那，主角這位少年只能叫做卡夫卡了。那就讓他去海岸附近吧。其實很簡單（笑）。

——而且是在海邊。

村上　我記得《發條鳥年代記》也是。都是這樣先有名稱出現，會輕鬆很多。因為故事由此自行發展。

——這個名稱會變成多大篇幅的小說，在那當下就已隱約知道了嗎？

村上　光有名稱還不知道。需要一段時間的經過才能看出形狀。有些東西也會隨著時間流逝就此消失，也有些東西漸漸凝結成固體，唯有那個必須過段時間才知道。

——那麼，總之最初是先有「刺殺騎士團長」這個名詞，然後才決定一定要用這名稱寫本書，之後「刺殺騎士團長」這個名字就在腦中盤桓許久是吧？

村上　但我不確定是半年還是一年或二年。

——那麼久？

村上　通常都要那麼久吧。說穿了等於是讓文字在自己腦中慢慢發酵。

——「刺殺騎士團長」這個名詞出現時，具體上您正在寫甚麼作品嗎？如果是一兩年前的話。

村上　嗯……我想不起來了。也許是半年前。也許是一年前。因為經常在想很多事，所以無法確定時間。不過，總之應該是在我寫完《沒有色彩的多崎作與他的巡禮之年》之後。不過「刺殺騎士團長」這個名稱到底是從哪兒冒出來的呢？乍看之下不像小說的名稱。

——有種令人過耳不忘的奇妙強度。

村上　不過這種奇妙，對書名非常重要，必須讓人稍有違和感。總之，根據我的記憶，這本書是先有書名出現。另外，上田秋成寫的《春雨物語》裡有一篇〈二世緣〉，我從以前就喜歡，一直很想用那個當題材寫點甚麼。於是就和「刺殺騎士團長」這個名稱放到了一起。但是「二世緣」和「刺殺騎士團長」完全扯不上關係呢（笑）。還有一個，就是第一章開頭的文章。從「那年五月至第二年年初，我住在狹小山谷入口附近的山上」到「即使沒有冷氣也能大致度過舒適的夏天」的這段文章，我早已在某個時間點寫成。沒有特別目的，就寫了這段文章放著。

——是以完全獨立的另一種形式寫的嗎？

村上　嗯。那一段文章就保存在電腦的一隅。冠上「那年五月」的標題。我經常毫無脈絡的寫這種文章。只是寫了放著。

——《人造衛星情人》的開頭也是。

村上　就是倏然浮現腦海，心想「啊，就用這開頭寫文章吧」。《人造衛星情人》開頭的文章也是如此。寫了那段，之後放了一年半載，不時翻出來修改，慢慢琢磨，等著看它是否能在自己內心保留下來。就像把一團黏土砸到牆上，看它會黏著還是掉落，當然也有時會掉下來甚麼也不留。

——把靈感記下倒是聽過，可是像您這樣保留整段文章好像有點罕見。

村上　嗯，我很少記下甚麼寫小說的靈感。因為我是透過用手寫文章來思考的人，寫出一定長度的文章對我很重要。我必須先寫出一段文章，然後再慢慢去修改。這樣做的過程中，自己內在某種東西就會自動開始動起來……這樣的等待，還是需要一定的時間，如果要我寫出來之後過二個月就變成小說？那不可能。無論如何都必須過個一年半載，甚至一兩年的時間。

所以，關於《刺殺騎士團長》，有三個不同的要素成為開始的重點。開頭的一段文章，以及「刺殺騎士團長」這個名稱，還有甚麼來著？對，以〈二世緣〉為題材。有這三樣，然後合而為一。就像三個朋友偶然齊聚一堂，不過必須要一定的時間才能到這個地步。所以我個人寫長篇小說時，幾乎都是等待的作業。等待二年才開始動筆，再用一兩年寫完。所以，等待的時間毋寧比寫作的時間更長。就像衝浪手在海上等待浪頭來臨。

——那麼，開始動筆後，您堅持一天四千字。無論如何，您都規定自己得寫四千字？

村上　當然也不是無論如何都要，但基本上是，嗯。

——甚麼都沒決定就開始寫，然後邂逅某些東西。結果就這樣完成。這我可以理解，但比方說今天寫的時候，不見得能邂逅那個「某些東西」吧？若用您之前的比喻……也可能有遇不上朋友的日子吧？像這種日子，也照樣寫四千字嗎？

村上　嗯。基本上還是會寫。就算朋友不來，也得先打造出讓朋友會來的環境。在這邊放個坐墊，掃掃地擦擦桌子，泡壺茶甚麼的。無人來時，會做類似這種感覺的「事前準備」。不會因為今天誰都沒來就偷懶睡午覺。關於寫小說我向來很勤勉。

——那麼，「今天必須寫這段，可是完全沒靈感」的時候呢……？

村上　就描寫一下附近的風景（笑）。不管怎樣都要寫四千字。這是規定。所以，這段開頭的文章，「那年五月至翌年年初，我住在狹谷入口附近的山上」。這完全是第一人稱對吧？我近年來已暫時不寫純粹的第一人稱長篇小說了，並且試著朝第三人稱轉換方向。但是這幾年正好一直在翻譯瑞蒙·錢德勒的長篇小說，在這過程中，慢慢開始湧現又想寫第一人稱小說的念頭。我已經做到像《1Q84》那麼長篇的，以第三人稱寫到最後，好歹算是達成了預定目標。那麼，我想我應該可以再寫一次第一人稱長篇小說了吧？這段開頭，現在仔細想想，多少有點菲立普·馬羅的味道。

——對，這個我一開始就感到了。這是好久沒出現的第一人稱小說，用第一人稱代名詞做甚麼，可以決定作品世界的調性。是用漢字的「私（我）」還是假名的「わたし」會產生變化，是用「僕（我）」還是「ぼく」也可以決定文體本身及作品世界的氛圍，也關係到主角的個性本身。這次用漢字的「私」，也是受到錢德勒的影響嗎？

村上　因為翻譯錢德勒時一直用「私」，所以或許的確也因此受到影響。另外還有一個，畢竟就年齡而言，再用「僕」這個第一人稱寫長篇小說也會覺得有點吃力。

——關於這個「吃力」，能否再說詳細點？所謂吃力，是被讀者閱讀時？還是您自身使用時？

村上　是我自己使用時。日常生活的口語我都是說「僕」，寫信也是寫「僕」，但寫小說時，尤其是敘述文的部分，會覺得有點不好意思。

——這次的主角三十六歲，用「僕」完全沒問題。過去您寫的也都是差不多年齡的「僕」。

村上　那種違和感純粹是一種感覺。但這種感覺上的小小差異，放到長篇小說就會擁有很大的意味。而且，可能我也想藉由用「私」這個新的人稱，和過去我用的「僕」製造一點差別。即便同樣是第一人稱，還是和過去的第一人稱有所不同。所以才會想用「私」這個人稱來寫吧。開始動筆後，能看到的風景果然還是稍有不同。

——的確不同。原來如此。這次浮現《刺殺騎士團長》這個名稱，再加上另二個要素，三者結合，經過既定的時間發酵……。

村上　長篇小說這種東西，光靠一個主題絕對寫不出來，需要多個主題相互糾結才能成立。篇幅越長就必須有越多這種要素，至少我的開頭有三個，有三個就像三角測量可以立體地發展事物。可是如果只有一兩個構成要素，故事必定會在哪撞上厚牆，變得動彈不得。

——您是說故事再也無法繼續擴展？

村上　嗯。所以必須先認清自己腦中的確有多個重點，否則不能動筆寫長篇。而要集合三個正確要素，需要一定的時間。

——然後這三個要素又能繼續帶來別的……。

村上　會召喚別的要素。每個要素又再各自叫來別的朋友。

——於是三角形就會不斷擴展。

村上　就是這樣。《刺殺騎士團長》簡而言之，就是有畫家「我」，各種人開始出入「我」的畫室。然後，每個登場人物各有狀況，把那狀況帶入故事中，如此一來故事就能不斷前進。如果一開始就先決定甚麼樣的人出現發生甚麼事，就不會產生這種自發性的動向。所以，總之最初只設定三個重點，再看會發生甚麼。在每個要素引來各種新要素的過程中，自發性緩緩發熱。長篇小說就某種角度而言，我認為就是發現這種自然發熱的作業。正因如此，作家必須有耐心地等待一兩年。直到自己確信已抓到可以動筆的正確重點。

——而且，也需要有體力承受那種熱度。所以要培養體力之後再創作。

村上　嗯。體力也是必要的，要有物理性（肉體）的力量。一旦開始動筆，一天必須寫四千字。這樣起碼得持續一整年。萬一其中有迷惘或不確定，根本堅持不下去。所以開始動筆前，必須自己先確認必要重點都已設定好了。那比甚麼都重要。

——選擇「我」這個第一人稱，好像也自行決定了敘述者自身的個性，甚至包括思考模式之類的。整體平衡感、氛圍也會改變。這次的作品讓我強烈想起《發條鳥年代記》。洞穴固然不用說，場所好像也沒怎麼變動吧。故事舞台距離東京雖不遠，但其他人不能進入，在某個既定場所發生一切。「我」是在尾聲才開始動，在一個地點安頓下來開始故事然後終結，這是您打從一開始就有某種想法了嗎？

村上　的確就這個意味而言或許與《發條鳥年代記》有相通之處。《發條鳥》中，巷子扮演了重要角色。那個狹小的死巷，在深處通往某個其他世界，或許和那個一樣吧。《尋羊冒險記》則是不斷移動的故事。而這次的小說，雖有各種人物出現，但追逐這些人的動向的過程中，場所的移動變得不再必要。山中有個不可思議的洞穴，有主角住的小房子，山谷對面還有免色先生的白色豪宅，具備這些條件後，已經沒必要再移動場所了。

——沒必要了？

村上　主角不時會去東京，最後去了伊豆高原的安養中心，除此之外並沒有移動的必要。反倒是其他人陸續來拜訪他，故事藉此進展。就某種意味而言，他直到某個時間點都是「被動接受者」，不需要怎麼動。況且一開始就已出現過長途移動的故事。

——是的。故事開頭「我」就是出門旅行才回來。

村上　對，從東北一路開車去北海道。開頭先有那個長途移動的故事，之後忽然一轉，開始在某固定場所的故事。這個對比就故事性而言很重要。

「惡」的形式好像改變了

——若說您到目前為止的創作要在哪區分，我認為大概在哪都能區分。因為每一次雖有不同的嘗試，但在深處都有共通點——或許有人稱之為強迫觀念、執念，對有些人而言堪稱村上作品分母的重要主題。不過在我心目中，《發條鳥年代記》似乎是您內心某種重大重組後的首件作品。

首先，「穿牆」這個要素以原型出現，而且類似「惡」的東西形狀明確改變，擁有和之前的作品截然不同的震撼力。在那之前的，比方說「黑鬼」，已經是無藥可救的存在了。可是在《發條鳥年代記》中，加入「憎惡」這個保證。「OK，老實承認吧，我大概就是憎惡綿谷昇」。我認為這點非常重要。

後來您一直描寫「惡」——這裡為了方便姑且就以「惡」名之——《1Q84》中「惡」的描寫方式，或者說與「惡」的關係性變得多層化。形狀不斷改變，老大哥已經沒有出馬的機會，改採小人物的形式。

關於「惡」，過去您曾表示：想描寫「惡」，但就算可以一一書寫個別的具體的「惡」，若要捕捉「惡」的整體還是很困難。就這個觀點看來，您的小說也可視為是在書寫「惡」的變化、變質。而在《1Q84》中，小人物到達一個飽和點，《刺殺騎士團長》則讓「惡」的形狀進一步改變。

村上　呃，在我寫綿谷昇時，的確是有意識地描寫「惡」。我覺得自己也差不多該學會寫這種東西了。可是之後，或許沒有那麼具體地意識到「惡」。《海邊的卡夫卡》和《黑夜之後》都有貌似「惡」、近似「惡」的東西出現，但那是非常自然出現的，並不是有「我要描寫惡」這個意識才寫的。被妳這麼重新指出後，我自己也有點疑惑。

——這樣啊，那些是自然出現的要素啊……初讀《刺殺騎士團長》時，這次故事中的「惡」好像是被蓋上蓋子看不見的東西，慢慢滲透出來，該怎麼說，不是除穢辟邪，或許該說是鎮魂？以這樣的形式在對峙。過去的「惡」，是一挖水井就挖到諾門罕，而且一切是現在式的鮮活事物，是作為應該被打倒的東西而存在。

村上　原來如此。

——當然這純粹是在把這種「惡」當成指標的前提下。您寫這次的作品時，以及寫完後，有甚麼明確的……和技巧無關的，好像引出過去沒有的東西，或者接觸到以往沒有的東西那種感覺嗎？

村上　嗯……這個嘛（片刻沉默）。為了寫八十萬字的長篇小說，不是得花上一年或一年半、二年嗎？如果沒有戰鬥、格鬥這種強烈的覺悟，根本寫不下去。光是心情愉悅笑嘻嘻地坐在桌前，寫不出長篇小說。但，雖說必須戰鬥，但到底是拿甚麼和對手戰鬥呢？這對我而言，通常事先看不見、不確定。從以前就一直如此，我的個性使然，本來就無法強烈憎恨甚麼，或是跟人吵架、憤怒、指責別人、或是跟誰在現實生活中爭奪甚麼。我是個相當自我的人，所以就算生氣也覺得「沒辦法」，還是習慣一個人做下去，在現實世界很少去戰鬥。所以，要找到戰鬥對象，即便在小說世界也很困難。這種事也有人生來就很擅長。比方說，有人搬出很討厭的傢伙的人格特質，藉由和那傢伙對抗，讓小說迴轉。但我並不擅長那個。

——就算在個別的人際關係，或伸手可及的範圍內沒有對象可以憎恨，但比方說對戰爭，或者對此時此地發生的不合理事件，您通常也沒有太大的憎惡嗎？

村上　以前當然有過。在一九六八、九年的時候。但對我們而言那段時期的經歷只有失望。戰鬥這個行為中，已經……該怎麼說，漸漸混入不真實的虛假要素。就在實際地、物理性地與某種東西戰鬥的過程中。

——是針對戰鬥本身？

村上　嗯。對不合理事件的純粹憤怒，逐漸演變成運動與運動之戰，數與數之戰，黨派與黨派之戰，戰略與戰略之戰，表層的言詞與言詞之戰。如此一來，個人的想法早就不知消失到哪去了，被吞沒到戰鬥這個行為中。我個人對此有強烈的失望與幻滅感，迄今仍留有對表層言詞的不信任。如果要徹底拔除那種言詞來寫小說，就必須先去《聽風的歌》那種地方。當然不是這樣的人想必也很多。

只是，人有時不得不與甚麼戰鬥，這我當然也理解。不戰鬥就活不下去，不那樣做或許到死都只能被人利用。但在這巨大的資訊社會，就算我個人決心戰鬥，恐怕也只會被消費至死。這樣的絕望，在我寫小說時也不可能感覺不到。所以反過來說，我當然也有與「惡」戰鬥的決心，但那樣的話，為了加深故事，就不可能不碰觸自己這邊的「惡」。如此一來，那個戰鬥就不再單純了。剛才妳說找到「惡」的型態很難，到頭來或許就是這麼一回事。

——「惡」就是「惡」，明知那應該被剷除，但是，如果用過去的方式與它戰鬥就會本末倒置逐漸空疏化。所以我不認為那個方法是對的。與「惡」戰鬥，也等於面對自己內心的「惡」吧。

村上　嗯。最近，我很喜歡朗讀〈鏡〉這篇簡短的小說。那是以前剛出道不久寫的。（收錄於一九八三年出版的《看袋鼠的好日子》，中文譯名《遇見100%的女孩》）

——那篇啊，寫夜間在學校……。

村上　夜間巡邏學校的故事。主角深夜在校園巡邏，在牆上看到東西。那其實是自己映現在鏡中的模樣，說來等於「惡」本身的形象，他看到那個後，產生極大的恐懼。於是丟出木刀打碎鏡子，之後頭也不回地逃走。沒想到，翌日去同樣的地點一看，那裡根本沒有鏡子。那的確和我剛才講的是同樣的事。雖在黑暗中看見「惡」的化身，結果卻是自己映在鏡中的臉。但，到了隔天早上，卻發現那裡本來就沒有鏡子。該怎麼說呢，就像是雙重、三重的幻影吧。

——您認為自己內心偶爾驚鴻一瞥的「惡」，與外界的「惡」是同質、或者說相同根源嗎？

村上　或許互相呼應。

——歸根究柢，您小說的「惡」，比方說「黑鬼」，都是從分不清來自內在或外在開始的呢。

村上　嗯。或許吧。就像這篇〈鏡〉一樣，在最早期的作品中也有出現。

——可是到了《發條鳥》時，好像已變成拿球棒毆打的形式了。拿球棒打人，流血對峙，我認為是迥異於過去小說的展現方式，您自己沒有甚麼變化的感覺？比方說終於給「惡」這個東西賦予清晰的輪廓了……。

村上　嗯……不好意思，我已經不太記得《發條鳥》的內容了。

——您不記得了？（笑）

村上　嗯。二十年前寫完後就沒再重讀。是拿球棒打甚麼來著？我想不起來。不過，那本小說中有「襲擊動物園」的故事吧，是虐殺的故事。日本兵殺害動物園的動物，殺害逃兵。那的確是用球棒打的。那個行為本身當然是「惡」，但是引出那種個人之「惡」的是軍隊這個系統，是國家這個系統，製造出軍隊這個下級系統，然後抽出這種個人的「惡」。那麼，那個系統是甚麼呢？到頭來還不是我們自己建立的？在那個系統的循環中，誰是加害者誰是受害者已經分不清了。我經常感到這種雙重、三重性。

之前好像也提過，馮內果去探望快死的父親時，父親在臨死前說，「你的小說中沒有出現任何壞人呢。」馮內果聽了就沉思：「被這麼一說的確是，自己的小說一個壞人都沒有。」那一刻我也跟著想：「我的書裡好像也沒出現甚麼壞人。」那是我寫《世界末日與冷酷異境》的時候，所以已經是很久以前了。從此，我覺得對「惡」或惡人必須好好描寫，後來有一陣子成了我的命題之一。

——後來，我看了地下鐵沙林事件受害者與奧姆真理教信徒的訪談後印象最深刻的，就是那起事件的相關者，可以說都是在不知不覺中被帶進另一個世界的人。當然一方是受害者，一方是加害者，這點很明確。而您曾說——比方說在《1Q84》出現了各種宗教團體，您想寫的不是現實的宗教團體，而是那種越線的恐懼一直縈繞腦海。你現在被判處死刑。」被這麼宣告的奧姆教信徒，或許也不相信這是現實吧。對他們來說，真正的現實反而像是假想的現實，或許無法理解事態的嚴重性。您說想寫那種恐怖。

村上　是的。寫《地下鐵事件》真的很辛苦。我甚至覺得寫了那個，或許讓我的作品改變極大。比方說和受害者家屬談話時，對他們而言，奧姆真理教的那些實行犯，當然毫無保留地就是「惡」。因為自己的無辜家人某天就因為莫名其妙的理由，被他們殺了。幾乎所有的家屬都希望判處他們死刑。面對這些家屬，我根本說不出「我在原則上反對死刑制度」這種話。因為我多少能夠理解這些人的悲痛與憤怒有多麼深。

但是若從客觀的第三者角度看那些實行犯，會覺得他們同樣也是落入陷阱的人。當然如果你要說他們落入陷阱是活該，那就沒啥好說了，但是，不是那樣的。陷阱這種東西，會掉進去的時候就是會牢牢掉進去。這點可以套用在我身上，看我周遭的人也同樣可以發現。我認為人生充滿危險的陷阱。有太多令人毛骨悚然的事。但就算那樣解釋說服世人，也幾乎是不可能的。即使說出「陷阱這種東西，該掉進去的時候就會牢牢掉進去」這種話，大多數人恐怕也無法體會到。我寫那本書時就感到，除非把這個文章構造移行到小說這個次元，否則無法徹底表達事物的本質。

所以，剛才妳說的《發條鳥年代記》如果是一個轉換點，那我覺得《地下鐵事件》或許和前者是配套成一組的。雖然《發條鳥》更早寫成。實際上我寫《地下鐵事件》時，目睹現實中的人們的憤怒與憎恨、困惑與迷惘，以及失望、後悔等等情緒，看到賭上性命如此感到的人們，我受到很大的震撼。想必反映在之後的小說，同時我也希望能反映出來。

去地下的危險

——那麼，具體上是怎麼寫故事的呢？重點之一，我認為在於異化。

村上　嗯。這個問題很大（笑）。

——這個問題我本來想放到更後面才問，但有時，會忽然搞不清寫小說到底是在幹甚麼。您說明寫小說時，曾經這樣用一棟房子來比喻對吧！一樓是闔家團圓的場所，充滿愉悅社交的氛圍，用共通的語言聊天。上了二樓有自己的書之類的，是比較私人的房間。

村上　嗯，二樓是私人空間。

——然後，這棟房子的地下一樓，也有黑暗的房間，不過區區地下一層誰都能走下來。所謂日本的私小說，大概就是在地下一樓這個位置發生的。所謂近代化的自我，也是地下一樓的事。但是，階梯繼續通往更下方，可能還有地下二樓。那裡，我想大概就是您的小說中每次試圖前往、想要前往的場所。

這個房子的比喻，非常容易想像。所以我很想請教您。您說過寫作是為了認識自己。自己內在還有類似暗影的東西，尚未窺見全貌。所以，您說今後還需要更多時間。走到地下二樓，拿這次的《刺殺騎士團長》來說，好像與被「長臉的」引導走進地下世界的體驗相互呼應，但去地下二樓的途中，必然會看到地下一樓的東西。在那裡，也會有比方說來自父母手足，或是其他人的不好記憶，也就是童年陰影。

村上　嗯，大概會吧。

——是吧。地下一樓有與自我意識密接的問題，那比較容易被共享。我們作家藉由看小說寫小說，把我們各自擁有的地下一樓房間給人看、供人閱讀。這如果是為了自身著想，只是品味那些、看看地下室的話，還能理解。如果只是為了理解自己、復原自我的話。可是，把那個公開給外人參觀、閱讀，好像是非常危險的行為。

村上　原來如此。

——而且還要繼續走下地下二樓——包含那個在內，我認為寫虛擬小說非常危險。因為，首先第一個，該怎麼說……是因為我認為虛擬小說畢竟擁有實際的力量。就這角度看來，世上所有發生的事，好像都是故事造成「集體的無意識」的爭奪。比方說宗教教義就是故事之最，藉由讓多數人認為「那個故事對你們很重要喔，是真理喔」，故事便會擁有實際的行動力量。例如您創作的故事，或者時代產生的各種故事。人們的日常生活就是這種「無意識」的爭奪，但大家認為那樣是對的。自以為自己製造的故事會產生某種善意的東西。或許無人認為那是戰鬥，但總之對我來說，它可以任意被轉向、被解釋，所以非常危險。奧姆真理教也一樣有故事。說得更進一步，即便宣稱「甚麼故事，甚麼小說，都是騙人的無聊玩意，我才不看」一邊忙著看自我啟發叢書的人，其實也等於在看以自我啟發為名的故事。

村上　川普總統就是如此。到頭來，希拉蕊只訴諸房子一樓共用，所以她輸了，而川普只是到處宣揚訴諸人們的地下室，所以他贏了。

——原來如此。

村上　該怎麼說呢，即使不到煽動民眾的地步，但川普的確有點像古代祭司，很懂得如何替人們的無意識煽風點火。而且他還有推特這種人對人的電子裝置做為強大的武器。就此意味而言，他的邏輯與詞彙雖然相當反知性，但相對的，他非常戰略性、巧妙性利用了人們內心的地下部分。

在邏輯世界（若用房子來比喻就是一樓部分的世界）還能發揮作用時，地下部分好歹被壓抑著，但一旦一樓的邏輯失去力量，地下部分就會噴上地面。當然不能說那全是「惡的故事」，但比起「善的故事」「多層的故事」，「惡的故事」「單純的故事」顯然更能強烈訴諸於人們的真心話。麻原彰晃提供的故事，結果顯然也是「惡的故事」，川普說的故事也相當扭曲，硬要說的話，我感覺其中或許蘊含引出「惡的故事」的要素。

——那麼，創造故事的當事人——當然，到底是不是他創造的還不確定，但處於某種磁場中心的麻原、希特勒，或者川普，可有意識到自己創造的故事是惡的呢？

村上　這就不知道了。關於川普，我還不太了解。但無論是希特勒或史達林，自己可能都沒意識到正在創造「惡的故事」吧。他們可能以為那是「善的故事」。或許是自己被自己創造的龐大物語吞沒，使得那種同化性產生了扭曲。但那只能交由歷史來判斷了。

——令人好奇的是，他一人終究造不出故事，故事通常是各種人帶來各種故事，然後成為一個故事……。

村上　嗯，那是集體性的。

——比方說河合隼雄老師在《如影隨形——影子現象學》中提到集體無意識。這讓我想起他曾說納粹德國的所作所為，就是讓外部代為扛起這種集團產生的陰影的結果。

村上　日本戰後也是，許多德國人也在戰爭結束時，把自己轉到被害者那一方。他們聲稱自己也被希特勒騙了，被奪走心靈之影，因此遭到悲慘下場，好像只剩下被害者感覺。日本也發生同樣的狀況。日本人覺得自己是戰爭受害者的意識很強烈，把自己是加害者的這個認識硬是推到一旁不管，而且用爭辯細節事實來逃避真相。這也是「惡的故事」的一種……怎麼說？後遺症吧。結果，用「自己也受騙了」來結束故事。好像天皇都沒錯，國民也沒錯，錯的都是軍部。那就是集體無意識的可怕。

因為那是我的洞窟風格

村上　所以我在想，集體無意識能夠被利用，都是在比較古代的空間。

——古代的空間？

村上　古代，或者更早之前。我每次提到「古代空間」想到的，就是在洞窟深處講故事（story telling）的部分。原始時代，大家在洞窟中共同生活。日落之後，外面很黑，有可怕的野獸出沒，所以大家躲在洞窟中圍繞火堆。又冷又餓又無助……這種時候，出現敘述者。這人講話很有趣。大家被這人的敘述吸引，為之悲傷或興奮、氣憤、被逗得哈哈大笑，就此忘卻飢餓、恐懼與寒冷。

我想像中的說故事的人（story teller）就是這樣。雖不知我是否有前世，但很久以前可能是人家說「村上，你講個故事來聽聽」，然後我就說「好，我來說」（笑）。依我的想像，想必是講的故事受歡迎，就變成「後來怎樣了？」「欲知下文，且待明日分曉」這樣的模式吧。即便坐在電腦前，我也經常感到，和古代，或者原始時代這種洞窟中的集體無意識直接關聯。所以頗有那種「大家都在等著，一天一定得寫四千字」的心情。而且看著在自己面前豎起耳朵傾聽的人們，我就可以確信自己絕對沒有講錯故事。這點只要看表情就知道。

——不是自己的表情，是聽眾的表情？

村上　嗯，看周遭眾人的表情就知道。一定會感到這種回饋。只要不企圖利用那個，就不會變成「惡的故事」。

——比方說，您不是弄了《村上先生的所在》嗎？在那之前也有《對了，不如去問村上先生》③之類的。不時會忽然想那樣做，還是因為那也等於是看大家表情的行為嗎？

村上　對對對。那正是「洞窟化」。大家傳送訊息給我，我再私下一一答覆。說穿了，就是看著大家的臉，切實感到：啊，原來這個人是這麼想啊，是這麼看待我的小說啊。如果對方的想法和事實有點出入，我就可以說「不，不是那樣，應該是怎樣怎樣」，直接回答對方。這是一對一的手工作業。偶爾我會想這樣做。實際做起來很辛苦，但這種溝通有時是必要的。

不過，最重要的還是語調，也就是小說的文體。能夠產生信賴感、親切感的，多半都是靠語調。如果不能用語調和文體吸引人，故事就不成立。內容當然也重要，但是首先如果語調欠缺魅力，人們不會傾聽。所以，我非常注重嗓音、風格、語調。人們常批評我的小說太淺顯易讀，但那是理所當然，因為那就是我的「洞窟風格」。

——「洞窟風格」……！

村上　嗯。先對著眼前人說話。所以，我每次都說，要用淺顯易懂的言詞、好讀的文字來寫小說。盡量用淺顯的文字說深奧的故事。要創作像魷魚乾一樣可以一再咀嚼回味的故事。不是那種咀嚼一次「噢，就這麼回事啊」的東西，是可以一再咀嚼，而且每次咀嚼都能品出不同滋味的故事。但若要做到這樣，文章本身必須淺顯易讀，盡量率直，這就是我的小說風格的基本。到頭來，好像是回歸到古代或原始時代講故事的效用。

——這世上真的有數不清的大大小小的「惡的故事」、「善的故事」，充斥那些混雜的故事。雖也有人過著祥和安穩的生活，但另一方面，戰爭不斷，迄今仍在流血。而小說家或者說藝術家不斷在創作故事。在這樣的世界，盡量多增加一個好的故事，您認為有意義嗎？

村上　當然。因為我也看過很多書，但真正好的故事其實意外地稀少。雖然坊間出版了這麼多書，當然，能夠打動自己的故事本就因人而異，但人在一生之中能夠遇見的好故事，能夠直入心靈最深處的小說，我覺得其實並不多。所以有人肯努力去寫這種東西，當然有非常大的意義。

——自己創造的故事或許會成為某人的人生少數遇見的好故事之一，就某種意味而言，

③村上春樹在村上朝日堂官方網站回答讀者來信後集結成書。

那是獨立於世界的悲慘之外的好事。

村上　是的。看了這種好故事，或許會有人也想動筆寫點甚麼，那就像一種增生作用。

——當然也有些故事本來就是編出來騙人的，但如果和藝術有關，應該是一開始就立志要創作善的故事吧……不過，最可怕的還是當事人或希特勒在那當下，說不定都覺得自己真的是在創作好故事，搞不好還堅信不疑，那是故事麻煩的地方呢。

村上　正如林肯所言，你可以暫時欺騙大多數人，也可以長期欺騙少數人。但你無法長期欺騙多數人。我相信那是故事的基本原則。所以就像希特勒，到頭來也只維持了十年多的權力。麻原彰晃也沒撐到十年。總之，嚴格區別「善的故事」與「惡的故事」的，通常都是時間。也有些東西只能透過漫長時光來區別篩選。

——的確，常有單體看來無法持續太久的「惡」。一直都有，永不消失。

村上　嗯，因為人基本上還是在內心渴求這種東西。畢竟善的事物多半得花點時間去理解消化，而且往往既麻煩又無趣。可是「惡的故事」通常被單純化了，直接訴求人心的表層。邏輯被省略，故事容易被接受。因此，使用粗俗髒話的負面演說，往往比講道理的正派演說更容易聽進耳中。

——所以，盡量為善的、即使在長期流傳中變形也要延續下去的好故事，雖然各有不同表情，但是寫小說，或許就是在世界置入這種人生難遇一兩回的好故事吧。您的文章易讀，就是因為採取大家都懂的洞窟風格。

話說回來，還是具體地聊聊《刺殺騎士團長》吧，這次又是一個經歷非常非常奇妙的主角。

村上　嗯，是啊。好像就是不由自主會變成這樣的故事（笑）。

——關於這個，過去您接受世界各國的各種訪問，想必已經被問過很多次「那個故事是怎麼回事？村上先生從開始寫的時候就知道全部嗎」。而您總是回答「可是我也不知道。我不知道那是甚麼」。有時，您會用「programming」和「game」來比喻寫小說的體驗。

村上　嗯，有時我會用這種類比來說明。因為比較容易理解。

——就像自己寫電腦程式，然後忘了自己寫過那個程式開始玩遊戲，而且自己也不知道能否抵達遊戲終點。您說這帶來一種無上幸福，但這個例子裡的電腦程式設計，就相當於小說的情節構思（plot）嗎？

村上　不。不是的。

——關於那個程式設計能否再多說一點？

村上　說到遊戲的類比，負責設計程式的和負責玩的，在自己內心完全分成兩方。就像一人玩西洋棋，這邊下了一子後，又跑到對面沉思之後下一子，然後又回到這邊思考下一步。只要這樣將意識完全分斷，就可以享受一人西洋棋。那會非常刺激。上次，我把家裡各種演奏家演奏的巴哈〈郭德堡變奏曲〉放出來比較。總共大約有十五張CD。格倫・顧爾德（Glenn Gould）的演奏和其他人有壓倒性的不同。或許可用孤絕來形容？我一直在想到底是哪裡不同，最後才發現，一般鋼琴家不都是邊思考左右手的合作邊彈琴嗎？彈鋼琴的人都是這樣，這是理所當然。可是顧爾德不是，右手和左手做的完全不一樣，兩手各做各的。可是二者放在一起時，結果卻確立了完美的音樂世界。但我怎麼看都是左手只管左手，右手只管右手。其他的鋼琴家必然會很自然地想著讓左手與右手和諧搭配。他好像沒有那種意識，即便拿顧爾德自己的演奏比較，一九五五年的錄音版，右手與左手的分斷感似乎也更強。

——原來如此。一九八一年的錄音比較沒這種感覺？

村上　他死前的版本當然也有很強的分斷感，但早期兩手完全是各玩各的，可是合在一起又能夠完美地被編寫程式。顧爾德不是在寫程式，倒像是自然地被寫入程式。不知該說是自然本性還是渾然天成。我可以充分理解他的那種分斷感。

——他自己也察覺到這點嗎？左右手各做不同的事。

村上　我不知道他自己察覺到幾分，但總之這種乖離感，雖然乖離卻又能夠統合的感覺，強烈吸引人心，好像是某種本能。不過，說危險的確也危險。

——那有多危險？

村上　無法一言以蔽之，但其中含有不確定的因素。不過這種東西，下降到心靈底層時大概可以派上用場。

——大家雖然會有點違和感，但去地下時，那種感覺很有用。

村上　嗯，我想非常有用。因為某種程度上可以迅速知道在那裡該掌握甚麼，不該掌握甚麼。所以，小說……總之，我是毫無計畫地寫小說，但在黑暗中自己該抓住甚麼、不該抓住甚麼，大致都知道。雖然我完全不知道自己身為小說家有多大的才華，但某種程度上可以感到自己的確有這種能力或技術。當然比不上顧爾德，但可以視為一種傾向。

我不是藝術家類型

——因為有那個，所以您才能在寫作的同時，讓故事在前方自行成形。

村上　故事在黑暗中會自然擴展。

——時候到了該出現的自然出現，若以《發條鳥》為例，就是球棒出現。「這是從我內在出來的球棒，所以我相信必然帶有某種小說的必然性。」

村上　我說過這種話？

——對。在《新潮》刊載的〈making of《發條鳥年代記》〉這篇文章中，這篇文章深深打動了我。看了之後，我再次感到，《發條鳥年代記》對村上春樹這位作家真的是很重要的「異化」。您甚至說：「這篇小說若無意義，我的人生也無意義。」

村上　真的？我完全不記得了。這句發言很厲害啊，非常用力。

——您說四十幾歲對小說家而言真的是很重要的收穫期，想必也是巔峰期。當然寫《發條鳥年代記》這本小說的是您，這是除您之外誰也無法體驗的感覺，可是您在這裡說的，我真的完全能理解。包括自覺的巔峰期，或者作品蘊含的力量。真的是心有戚戚焉，可以當成自己的心路歷程來閱讀。說來很不可思議。

村上　我記得那是我意識到將要走下地下二樓……是最初還是怎樣不知道，總之應該是開始意識到那個的時候吧。

——出現球棒，有水井，或者加納克里特這些登場人物出現。還有牛河先生和房子這些東西陸續出現。您說這些人事物全都各有職責合力推動故事發展，那個感覺我非常能理解，非常非常理解。

還有，您不是喜歡引用契訶夫的手槍譬喻嗎？「故事中如果出現手槍，就必須被發射。」那把手槍，和您小說中出現的球棒——假設那時出現的是球棒——其實堪稱是同樣的東西？稍有不同嗎？

村上　稍有不同吧。契訶夫的手槍這個比喻，具有擬劇論（dramaturgy）的基本原則那種普遍性，可我小說中出現的球棒，是更偶發性、隨機性的。不過當時，我說的話，好像沒甚麼人理解。所以現在聽到妳說看到我那段發言很感動，我相當意外。

——有那種感覺？

村上　嗯。當時的日本文藝圈，好像在更不一樣的地方。

——如果用那個房子的比喻，是在地下一樓？

村上　當時的文藝圈或者說藝文業界，最吃得開的是所謂的「主題主義」。而我對那個幾乎完全不感興趣。

——評價文章先看寫的是甚麼主題。

村上　所以，如果問我《發條鳥年代記》這本小說的主題是甚麼，我完全答不上來（笑）。好像很荒謬。

——那是所謂「故事」被輕視的時代嗎？

村上　對。集體無意識云云，幾乎被完全蔑視。在那個年代，小說作品只能從「是前衛還是後衛，是右還是左，是前還是後」的架構圖中捕捉。所以對於《發條鳥》這種小說的抨擊，比現在強烈多了。但我基本上逃離了日本，所以還算輕鬆。

——您所謂的可以把「古代空間」帶進現代小說的一席話該如何理解，大家想必都有點摸不著頭緒吧。不過若是古時候，比方說紫式部吧，想必以前的確有個眾人以為真有生靈（活人靈魂出竅）的時代。好像生與死無縫接軌般來去自如。而且到現在仍有效。如果把那個搬到現代……那雖非idea，但您認為具有讓人想起甚麼的作用嗎？

村上　嗯。那是一種神話性。英文叫做myth。是河合老師所說「集體無意識」的起源，在世界各國各種民族的神話中都有許多共通點。這種神話性就是各民族的集體無意識，超越時代而活，而且跨越地域與世界各地相連。所以，我的小說如果在世界各國都有讀者，我想那大概是因為我的小說故事直接訴求於這些人地下部分的意識。並非刻意為之，我只能這麼寫，所以才這麼做罷了，但就結果而言或許變成這樣。所以到頭來，前面提到的古代或原始時代的洞窟講故事，和這種神話性，或許還是在哪有所關聯吧。

——比方說歐洲神話的形式，堪稱大別為聖經及希臘神話這二者，自身與神話世界涇渭分明。但日本人的感性不同，比方說靈魂可以自由來去。

村上　嗯，在日本人的感覺中，幾乎可以自由來去陰陽兩界。祖先偶爾回到陽間，在哪個房間角落出現。等到中元節過後，就說聲「祖先辛苦了」把祖先送回去（笑），好像有這樣來去自如的味道。或者該說是暢通無阻？比方說小野篁這個人，根據傳說，透過水井每天往返陽間與地獄。白天在衙門工作，晚上就穿過水井去地獄，擔任閻羅王判案的助手，到了早上又從另一口水井回到陽間。等於是兼職公務員（笑）。那口井現在應該還在。可是若是希臘神話，黃泉之國和現實世界被區隔得非常明確。不可能來去自如。

——去了也很難回來……。

村上　對，要重回陽間很麻煩。尤其是一神教的人，對這種分隔生死世界的感覺或許特別強烈。在日本人的感覺中，陰陽兩界相當鬆散、非邏輯地相通，想去的時候就可以自由來去。對此，西歐人似乎深感「不可思議」，但在根本上其實差異沒那麼大。我是說在有「我們這一邊」、「那一邊」這點上。

——雖有手續上的差異，但都認同那個存在。相信有人的世界與另一個世界。

村上　嗯。換言之，也就是意識上的世界，與意識下的世界。但我寫小說時，並未特別把兩界分開看待。一旦走下地下二樓，已經不分哪一界，可以自由來去。當然為了管理交通還是得有一定的邏輯與規範，但是出入者如果不能自由出入，故事就無法繼續推進。

——所以，說到關聯，您曾說過「對小說家而言，小說中出現的象徵或隱喻，可以直接當作現實發揮作用」。那和剛才您講的大概是同一件事吧。如果能成功融入故事中，便可成為讀者心目中的現實，發揮作用。

村上　我講過這種話？

——對，您講過。對您而言，極為自然出現的象徵或隱喻，被不斷置換成文字。閱讀這樣置換過的小說，身為讀者的我也會跟著置換。您小說中的「騎士團長」，或許就是我經歷中的「某某」，「長臉的」或許就是我的某某。小說描寫的，好像就是我的「那段體驗」、「那個人」，而且每次閱讀都會隨之改變，成為您口中「像咀嚼魷魚乾一樣」豐富的故事。

——剛才的對話中提到，您的風格和本來的古代故事不同，堪稱是「古代2.0」升級版的「洞窟風格」。故事主角面對不可思議的事物時，還是會為之困惑猶豫，是抱著近代化自我走進地下吧。這點和古典文學不同。

村上　是的。被妳這麼一說，或許的確是吧。

——發生的事情全都當成現實接受。但是還是有遲疑。比方說魔幻寫實主義的小說，對於不可思議，就是讓它不能可視化地發展。登場人物對於那種不可思議全都像被催眠般繼續發展故事，但您的小說中對於不可思議的事物卻有明確的覺醒。當然那不是醒著作夢，但覺醒應該很重要吧？

村上　嗯，那個，我要再次聲明，我的文章，基本上是寫實主義。但是故事基本上是非寫實。所以，打從開始就是咚地丟出這種分離為前提。徹底使用寫實主義的文體展開非寫實故事就是我的目的。我好像也講過很多次了，《挪威的森林》我從頭到尾都是在進行用寫實主義文體寫寫實主義故事的個人實驗。然後，因為覺得「啊，沒問題，這下子已經可以寫了」，之後就變得容易多了。只要能用寫實主義的文章寫出一本寫實主義長篇小說，而且是暢銷小說，之後就再也沒甚麼好怕的了（笑）。從此就可以隨心所欲了。

然後我想，這下子想寫甚麼都能寫了，於是過了一陣子就寫出《發條鳥年代記》，這才深深明白，擁有某種程度精確度的寫實主義文體，加上故事的「離奇性」，可以製造出非常有趣的效果。

但我想聲明，我個人的想法很正常，也過著很正常的生活，是個非常正常的人。嚴格說來就是普通人，至少我自己這麼認為。可是一旦開始寫小說，就會不斷出現誇張的東西。故事漸漸走向莫名其妙的方向。也有這種自己內在的乖離、分離。我不管怎麼想都不是所謂的「藝術家類型」。生活基本上也很循規蹈矩，沒有特別之處，也具備和普通人一樣的常識，過著非常正常安穩的日常生活。可是當我坐在桌前寫小說，好像就不清楚自己內在發生甚麼了。不過，我的小說主角大體上也有同樣的經驗就是了（笑）。

——抱著用那種寫實主義文體寫寫實主義故事的目的寫《挪威的森林》，結果受到廣大讀者歡迎。我認為，那對讀者而言，說不定非常幸運。大部分人一開始看的第一本村上作品就是《挪威的森林》。

村上　就人數而言大概是吧。

——讀者閱讀了寫實主義——換言之，自己理解的現實的故事。之後，再看您其他的作品，那個閱讀體驗不就從寫實主義循序漸進到了非寫實主義嗎？還出現羊，那或許也影響很大。關於在自己內心從寫實主義到非寫實主義的方法，藉由閱讀您的小說，讀者好像也能學到訣竅。

村上　《挪威的森林》是我刻意想嘗試不同以往的做法才寫的，但當時也遭到種種批評說是「文學上的倒退」。

——「文學上的倒退」，真是方便的說詞（笑）。之後有《舞・舞・舞》，然後串連到真正的異化爆發的《發條鳥年代記》，但早在《挪威的森林》之前，某種程度上您就已經開始用寫實主義的文體描寫非寫實主義的故事了吧，比方說《尋羊冒險記》。

村上　稍有嘗試，但還很拙劣。

——嚴格說來非寫實主義好像略勝一籌，至於寫實主義文體的印象就……

村上　一本書中，會有幾個「其實這裡本來更想這樣寫」的部分，只是實力不足沒寫好。所以「這個地方還寫不出來」的部分就設法迂迴過去，覺得這裡也不行就再次設法迂迴……當時經常到處用這一招。當然，這種迂迴的效果，雖不至於毫無趣味，但在自己看來還是無法接受。

——「這裡寫不出來」是指哪方面的意味？

村上　純粹是技術上寫不出來。

——不是細節問題，只是想寫卻寫不好嗎？

村上　當然細節也有寫不出來之處。若用高爾夫球來形容，腦中有一條想打的球道路線，但是卻無法順利把球打到那裡。球無法落在自己想要的定點。因為還不具這種技巧，有技術上、或者說精神上的死角。總之就是做不到。

——早期三部曲時寫不出來的，現在還記得嗎？

村上　其實都是很單純的部分，比方說三人對話，不知怎麼就是寫不好。有障礙。

——到了《挪威的森林》您終於成功寫出來了，這是很有名的逸話。

村上　對。到了寫《挪威的森林》才終於成功，我記得是這樣沒錯。會寫二人對話，可是三人對話沒辦法。

——況且主角也沒有名字。

村上　是的。登場人物沒有名字的話，三人很難對話，而且也無法替登場人物好好取名。

所以我的早期小說，必然是一對一的交談。還有伴隨大動作的場景，那個也很難寫。

——動作場景也很困難？

村上　嗯。另外，和性愛有關的場景好像也很難寫。

——真的嗎（笑）。

村上　比方說《尋羊冒險記》，幾乎完全沒出現那種描寫。

——的確，頂多只有「我們性交了」這樣的句子。

村上　所以，到了《挪威的森林》我就拚命想寫那方面。

——拚命寫那個，也寫了三人對話。

村上　唉，一邊覺得受不了、難為情，一邊努力寫了很多性愛場面。一次寫完倒是輕鬆了，結果從此甚至被批評「村上是個情色作家」（笑）。到現在都還覺得真的很難為情。

爲了無計畫寫完小說

——這麼一路聽下來，您好像完全沒想過「黑鬼」是甚麼或「羊」是甚麼就這麼寫出來了，但是交給讀者後，會與讀者無法訴諸言詞的個人體驗重疊，比方說：也會有人解讀為「羊就代表近代本身」或「五反田君的這種舉止就是資本主義的隱喻」。作品中有好幾條線，每一刻可以「代入」的要素都很多。總之，大家都會穿鑿附會地過度解讀吧。

村上　寫小說不是會出現很多東西嗎？比方說：球棒啦，騎士團長啦，鈴鐺啦各式各樣的東西。那是毫無脈絡突然冒出的，不可能因為心想「啊呀，出現這種東西很失策，無法派上用場」就回頭去刪除。只要出現過一次，它必然還會在哪兒冒出來，加入故事情節中。我根本無暇一一思考那究竟意味著甚麼。一旦去思考就會停下腳步。

——如此說來，使用出現的事物寫完全文時，最後也不會有「所以這個原來是這樣」或「這對自己原來具有這種意義」這樣比對答案？

村上　不會。只會不停拍膝想「啊，原來如此，還有這種使用方式」。

——就只是使用方式？

村上　嗯，只是使用方式。

——完全不會自我解釋或自己恍然大悟？

村上　不會。腦袋可以解釋的東西就算寫了也沒用吧？故事就是因為無法解釋才會成為故事，如果作者嘮嘮叨叨拆開來一一解釋這個具有這樣的意義云云，那就一點也不好玩了。讀者會很失望。我每每在想，正因為作者自己也不清楚，意義才能夠在讀者一個人的心中自由膨脹。

——我知道那對您的小說而言很重要，但撇開那個先不談，難道您的心中就沒有「這個其實代表某某」、「那個關聯其實是這種意義」之類的想法嗎？

村上　沒有，完全沒有。到頭來，讀者整體是很聰明的，如果玩這種小把戲，一下子就會被拆穿。立刻會被讀者看穿：啊，這是故意埋下的伏筆。如此一來故事的靈魂就會變弱，無法傳達到讀者的內心深處。

作者也沒有正確解答，正是因為那樣囫圇整體性的東西，被讀者囫圇整體性地接受，才能夠各自從中找到只屬於自己的意義。所以讀者如果問我：「村上先生，這個部分的意思是這樣吧？」我無法斬釘截鐵說：「不，並不是。這裡應該是怎樣怎樣……」站在我的立場只能說：「原來如此，也有這樣的看法啊。」這樣感覺很像河合隼雄老師呢。他會說「哎呀，那樣倒也有趣哪」（笑）。

——現在的作家，像您一樣事先沒有任何計畫就開始寫，最後自己寫了甚麼也不理解的例子好像很多。可是，我印象中好像都沒有造成您的小說帶給讀者的那種體驗。

村上　那就像有人模仿顧爾德左右手各玩各的，結果完全不成音樂（笑）。

——事先毫無計畫，任由故事及文字的自發性去發揮——如果這樣說，採用這種寫作方式的作家倒是很多。

村上　是嗎？

——對。姑且不談那樣是好是壞。在我印象中用毫無計畫的方式寫作的人很多，好像甚麼都沒頭緒就寫也行。「登場人物的這人和這人會有何下場，我邊寫邊感到期待」這種話，我真的經常聽到。況且純文學也不太重視情節。

村上　這樣啊。我都不知道。

——對呀，看訪談或對談好像有很多寫作者都是這樣。這讓我想起幾年前和美國當代作家喬納森・薩弗朗・福爾（Jonathan Safran Foer）對話時，他也講過同樣的話。起初甚麼都不想，這點很重要，沒有比想了再寫更徒勞之舉。但我說不能一概而論。因為首先小說是自由的，其次，我認為就算有人把腦海中的構造這種想像的設計圖，藉由技術變成文章，達成建築式的成果或美感也未嘗不可。

話說回來，和您用同樣姿勢開始寫故事的人很多，寫怪異故事的人也不少，可是偏偏在您身上發生特有現象。您的存在如果是一口井，只能說裡面的東西和其他作家全然不同。所以出現的工具也不同，而且……畢竟，無論委由故事的自發性寫出多麼奇妙的情節，大多數作家結果恐怕還是只能接觸到地下一樓的領域。

村上　要再往下走並不容易。我要下去時，雖然不會做那麼具體的準備，至少會空出充分的時間，空出時間非常重要。想要認真走下地下二樓時，最重要的是抓住正確時機。必須耐心等待那個時機來臨，千萬不可急躁。如果稿子有交稿期限，就無法等那麼久吧？

——嗯，等不了。

村上　所以，總之不管截稿日期，必須擺出豁出去想耗多久時間就耗多久的架式。前面也說過，花時間執筆固然重要，執筆之前空出時間同樣重要。而我一邊還要翻譯，或者偶爾還要寫散文隨筆，同時等待一兩年。然後「刺殺騎士團長」這個名稱，以及其他幾個重點就會浮現腦海。有一天，動筆的信號就會主動降臨告訴我：「好，就是現在，必須從現在開始寫。」於是開始慢慢寫。還沒準備妥當時，就算叫我「好了，請你去吧」，我也去不成。饒是再高明的衝浪手也得等到正確的浪頭來時才能上去。抓住正確的時間點比甚麼都重要。

剛才妳說的那種毫無計畫地寫作，結果哪都去不了的人，大概就是沒有抓住「現在正是時機」的那一刻吧。還有一點，大概是沒有建立自己的文體。因為文體非常重要，沒有自己的文體不可能深入地下。那樣很危險。因為文體就等於是救命繩索。

——就個人而言，毫無計畫便開始動筆結果連作者本人直到最後都不知道在寫甚麼的作品，大抵上都會變得有點自說自話。

村上　那是理所當然。想說的不必直接說出來，這是小說的基本。

——然後滿口「就算怎樣怎樣……」（笑），就算能去地下二樓，也需要有文體才能讓讀者共享在那裡看到的東西。

村上　那當然。我做了將近四十年的職業小說家，若問我這些年做了甚麼，幾乎就只有塑造文體。總之幾乎滿腦子只想著讓文章盡量進步，讓自己的文體更穩固。至於故事情節，每次當它浮現，我就配合著去寫，但到頭來那都是它主動出現，我只是負責移動它。可是文體不會主動出現，必須靠自己親手去打造。而且必須天天讓它進化。

——進化。如此說來，文體沒有完成的時候？

村上　不可能完成。

——會繼續變化下去？

村上　嗯。文體會不斷變化。作家活著，文體也活著，隨之呼吸。所以想必天天都會變化，就像細胞不斷更生。不斷讓那變化更新很重要，否則會脫離自己的掌握。

——不得不寫到某個地方時，就可以自在運用。

村上　對對對。文章純粹是工具，它本身不是目的，只要當作工具派上用場就好。所以不可能有所謂的完成式，我以前寫不出來的東西現在也可以自在書寫了。現在想寫的已經大致都能寫了吧。

——沒有不能寫的了？

村上　想寫的大致都寫得出來了。也沒必要太迂迴了，不過，如果現在叫我寫時代小說，還是有點困擾（笑）。需要各種準備。

——比方說時代考據（笑）。

村上　嗯，也需要研究專門用語。不過，若問我在現代背景的設定下，也就是我寫的故事世界中，是否有技術上寫不出來的狀況，那我想大抵上應該都還過得去吧。畢竟我已經寫了很多年了。

貓頭鷹和作家的文件櫃

——這次的小說出現了繪畫，主角的職業是畫家。那是事先決定好要設定為畫家嗎？您的小說好像第一次出現畫家當主角。

村上　兩三年前我去美國的塔夫茨大學，獲得榮譽文學博士學位。當時日語系有位蘇珊·聶皮亞教授，我和她丈夫在派對上聊天，他是美國人，是現役的肖像畫家。當時和他聊了很多，腦中隱約留下「肖像畫家真是令人興味盎然的職業啊」這個印象。而這次，當我思考主角的職業該選甚麼時，想想肖像畫家或許不錯，於是開始寫，之後才想起「對了，差點忘了，蘇珊的丈夫就是肖像畫家」。我的記憶大致上都是這樣混雜。

——這次的作家，是從發現名為「刺殺騎士團長」的一幅畫開始的，首先和他的職業是畫家應該有重大關係吧？

村上　是很大，嗯。

——發現「刺殺騎士團長」這幅畫的，不是別人而是「我」，是因為他是畫家吧？

村上　是的。不過，實際動筆寫小說之前，我並不知道主角會是畫家。有「刺殺騎士團長」這個名稱，以及最初的那段文章和〈二世緣〉這二個要素，由此開始執筆，然後我就在想，該給這人選個甚麼職業呢？開頭第一句是「那年五月至第二年年初，我住在那狹小山谷入口附近的山上」，那麼，這人為何會住在這種地方呢？於是，我想如果他是個肖像畫家應該會很有意思。

——那您是甚麼時候知道「刺殺騎士團長」這個名詞是畫名呢？

村上　很久之後，很久很久之後（笑）。在挖開洞穴之後。

——真的嗎？

村上　真的。

——挖洞之前，「刺殺騎士團長」還只是個名詞？

村上　先有「刺殺騎士團長」這個書名浮現腦海，然後開始動筆，動筆之後立刻決定把主角設定為畫家。於是他從閣樓發現一幅畫，那幅畫的名稱是「刺殺騎士團長」。前後順序大致是這樣。那一刻我才知道，啊，這下子故事應該可以發展下去了。

——有開頭那段文章，小田原的山上住了一個男人。

村上　在小田原的深山上獨居，所以不可能是普通上班族，八成是自由業。但是職業如果是小說家，未免太無趣了。所以就設定為畫家吧，而且是稍微特別一點的專業肖像畫家吧。然後故事便就此發展出來。

——所以，那個房子裡有畫。想必是先有畫吧？

村上　嗯，是哪個先？我忘了。

——忘了？（笑）

村上　我對這種事老是一轉眼就忘記，忘了就可以輕易捏造記憶（笑）。當然不是故意的，不過大致上記憶是正確的。

——決定讓主角住在小田原的房子時，腦中已有挖洞的想像？

村上　是的。因為〈二世緣〉是從一開始就放入的重要要素，所以非得挖洞不可。這點很明確。

——您的小說，很多東西都是偶發性出現，卻在寫作過程中各自帶有力量，形成一股潮流。這個我理解，但就結果而言，在讀者看來一切分明都擁有有機的關聯，就算您說那不是刻意為之……

村上　嗯。不過，貓頭鷹是真的有，在我家。

——看吧，您又說這種話（笑）。

村上　我以前住在舊家時，有閣樓，貓頭鷹就住在那裡。非常可愛。打從那時起，我就想哪天必須讓小說出現貓頭鷹。結果這次猛然想起。

——可是，那個被您猛然想起的「貓頭鷹」，好像成了扛起這個故事圓環的重要要素吧？那是讓讀者感到自己也身在一個「大圓環」中的重要要素。

村上　寫長篇小說時，經常發生不可思議的事。我力有未逮之處，「場」的力量就會妥善替我處理，不時會發生只能如此解釋的現象。我們只能相信那種場的力量，至少我是這麼覺得啦。

——我已徹底明白，針對小說中的種種事物的意義請教您，是無意義之舉。但我還是想問一個問題，有這幅畫「刺殺騎士團長」，有納粹高官暗殺未遂事件，同一時間畫家的弟弟自殺。而且和藏畫的地點一樣，發生在閣樓裡。在那個彷彿把洞穴顛倒過來的場所，貓頭鷹全都看見了吧？貓頭鷹就是為了讓一切同時發揮作用，才出現在這本小說吧？

村上　貓頭鷹在場嗎……貓頭鷹看到了④（笑）。

——當然在啊！因為貓頭鷹在《刺殺騎士團長》這個作品擁有——比方說，和《發條鳥年代記》的「發條鳥」同樣的意義與功能，我認為它的存在相當重要。在超越時間和邏輯的故事中，需要某種迥異於神的觀點，無關任何東西的超越性存在，貓頭鷹正是那個。

村上　我每次都說，作家必要的是抽屜。必須在必要的時候迅速開啟必要的抽屜，否則無法寫小說，貓頭鷹或許也是其中之一。

——是，您說過有文件櫃。

村上　文件櫃太小的人，或者，忙於工作無暇塞滿抽屜的人，就會漸漸文思枯竭。所以我甚麼也不寫的時期，就會拚命把抽屜塞滿。一旦開始寫長篇小說就得全力應戰，所以只要能用的東西統統都會抓來使用。抽屜是越多越好。

——您以前在《發條鳥》有水井，之後就再也沒寫過井，對此，我記得小說家谷川日出男先生曾問過您「井這個題材是否已經寫盡了」，當時您說「不，只是因為老是用同一招太丟臉（笑）」。但是這次又出現了「洞穴」。

村上　被妳這麼一說的確是，這次又是洞穴的故事。不過若要這麼說，藍調歌手不也天天都在唱同樣的調子？這是沒辦法的事，對吧（笑）。只能這麼想。

——雖然出現了，但是沒有「這和之前是同樣的老招，不妙啊，還是換一招吧」的想法？

村上　我幾乎把以前寫過的都忘光了，所以不會那麼在意。〈二世緣〉是從土中挖出即身佛的故事，而我是以那個為起點開始寫小說，故事中勢必會出現洞穴。所以，這是莫可奈何。人還是有既定的思考模式吧，不管怎麼試著改變，必然會在某處出現同樣的場景，但我想，只要每次換個稍有不同的寫法應該就行了。

——換個寫法就行了？即使出現同樣的事物？

村上　嗯。換個角度，換個描寫方式。如果質問我舞台布景怎麼都一樣，的確一樣，但我的感覺不一樣。每次都很新鮮，雖然不能說是升級版。但不知怎地，我好像就是會被洞穴或井這種東西吸引呢。自己也覺得不可思議。

——上次是潛入井中，變成潛入自己內在。

村上　是「穿牆」。

——對，《發條鳥》時是。結果他在動物園，八成見到肉豆蔻的父親，把很多東西都拉

---

④此處可能是聯想到電視劇系列作《家政婦的見證》（家政婦は見た）。

來現在。包括蒙古的諾門罕戰役在內，一切都以現在式清晰體驗。我認為那和您自己讀書的經驗——比方說，小時候看了十九世紀的小說，把故事本身當成自己的體驗吸收的經驗有重大影響。就這個角度而言，諾門罕戰役那樣的戰爭，您不是當成小說材料，而是像描繪親身經歷那樣來書寫吧。

村上　嗯。不只是引用，我想寫的是觸及自己更深處的某種東西。

——《發條鳥》時，藉由這樣跳下井中，會感覺歷史和自己明確地直接相連。而這次也出現洞穴，但不是石室，是在尾聲的安養中心，主角追著躲進方形洞穴的「長臉的」，結果又去了非常奇妙的地方。那是地底世界。對此我想再請教一下，可以嗎？

村上　大概沒問題。

引水人最好是三十五、六歲

——那我就繼續問了。那一幕出現的東西，充滿隱喻。洞穴本身是隱喻，「長臉的」自己也說自己是隱喻。可是當他被嗆「那你說個隱喻來聽聽」，他卻說不出機智的隱喻（笑）。

村上　真可憐。

——看到那裡時，我笑了。這次用的是第一人稱的「我」，雖非錢德勒，卻頗有硬漢小說的氛圍，所以好像不該在那種氛圍笑出來，但有時真的會出現那種一本正經講笑話的場面耶。但基本上我認為是很嚴肅的小說啦。

村上　《發條鳥》的主角岡田亨三十歲，還處於未定型（moratorium）感很強烈的年齡，好像還是可以對社會抱怨的立場。所以，比喻時也會說很多有趣的話。可是這次的「我」，好像比三十六歲再大一點。

——被妳這麼說或許是吧。我自己沒怎麼意識到。

——他是的確配得上「私（我）」這個自稱的人物。《發條鳥》時直接處於外界的東西，這次「我」進入隱喻中，在那裡邂逅自我。那正是這次訪談開頭談過的，直視自己的「惡」。為了不輸給惡，在內心發生集體無意識的「爭奪」。他在心中默念著，要盡量回想好事、想起理念性的東西，以免被雙重隱喻的「惡的故事」奪走。在這場爭奪中，最後砰地脫離困境，這段情節果然還是會讓人聯想到生產過程呢。

村上　的確。

——如此說來，您果然是一邊寫，一邊產生「啊，這樣有點像生產」之類的念頭……？

村上　多少會想到，邊寫邊浮現這種想法。不過，如果想到「這是生產的隱喻」就完了。

——啥！這麼想就完了？

村上　嗯。如果寫作者認為「這是生產，是再生」就完了。思考的部分交給他人就好，那不是我的工作。

——可是，還是會倏然閃現腦海吧？

村上　是會閃現一下念頭沒錯，閃過念頭是無法控制的事。不過還是盡量不要把故事往那個方向帶，至少不要寫成文字，這是鐵律，或者說基本方針。剛才也說過，如果是刻意誘導的路線必然會被讀者識破。

——可是，還是會偶爾閃過腦海吧？

村上　當然會，但只是覺得「也有那樣的想法吧」。

——可是，不能就此被說服把它當成真理，這很重要吧。

村上　那當然。盡量讓目光從那種地方移開，投入下一步，不能被思考絆住腳。總之，要繼續向前走，重點是不要給自己太多餘地去思考。

——原來如此。

村上　至於剛才提到的年齡話題，這我經常被批評：「為什麼村上先生不寫和自己同年代的人？」

——是啊，頂多只有一篇吧。只有〈Drive My Car〉（收錄於《沒有女人的男人們》）的主角是吧。

村上　但那個是短篇，而且敘述者是第三人稱。若是長篇小說的話……。

——完全沒有吧？

村上　沒有。我也不清楚為什麼。不過，我現在就算寫六十八歲的人的故事，大家肯定也會說「不寫實」（笑）。

——的確（笑）。那麼，想必您想像中的三十六歲，對您來說，或許最容易放進去某些元素吧。

村上　最容易敘述。用那種眼光看世界敘述出來，對我而言感覺很自然。當然，同時也有《海邊的卡夫卡》的「中田先生」這種年齡的人出現，也有像這次「免色先生」的年齡的人出現，感覺上就是一邊到處聚焦一邊寫故事。

——但是，主軸還是在……

村上　我想寫的主角，基本上都是普通人；是具有普通生活感的人。而且就各種角度而言，都是立場還很自由的人。每個人到達一定程度的年齡後，都會有種種現實纏繞對吧。可是，若是三十五、六歲，還……

——還在中間階段。

村上　對。還停留在人生的中間地帶。我想我的主角需要的，大概是扮演故事的「引水人」。如果到了五、六十歲，會有人生的種種關係糾葛，所以動作必然會變得遲緩。

——是啊。太年輕無法領路，或許可稱為最後的非定型期。

村上　雖已不年輕，卻又尚未到達中年。雖有某種程度的自我，卻又尚未鞏固，也還有迷惘。要朝哪一個方向前進都很自由。比方說這次的主角「我」，要繼續替客戶畫肖像畫還是畫自己想畫的，不是還可以選擇嗎？我認為小說就是需要這種擁有「任何方向皆有可能」的人。

——那麼，您自己的真實年齡，和小說需要的主角年齡就差了一截了。這時，每次不必思考「現代的三十六歲是這麼想的」這種問題嗎？

村上　不必。

——就是尋常地寫出來？

村上　我也有過三十六歲的時候，可以自由回想起當時的種種，只要拉開我的抽屜就行了。最愉快的是寫《海邊的卡夫卡》時。

——十五歲的田村卡夫卡君。

村上　當然，我並不是刻意用十五歲男孩的眼光去寫故事，因為我辦不到。但我十五歲的時候曾經聞過甚麼味道，呼吸過甚麼樣的空氣，沐浴過甚麼樣的光線，這些倒是可以清晰回想。在精神上是怎樣的狀態，對事物是怎麼想的，這個雖然幾乎完全想不起來了，但身體層面的事物倒是記得很清楚。比方說風拂過肌膚的觸感啦，聽到的聲音啦，這些都會在身體層面清晰重現。雖然我不是普魯斯特。追溯這種身體層面的記憶去寫故事，非常愉快。可以再次體驗那些東西。

——我很喜歡某個春天，中學一年級的村上先生忘記帶生物課本回家去拿的那篇簡短散文。但我想您肯定不記得了（笑）。

村上　啊，我記得。〈蘭格漢斯島的午後〉。

——對對對。還有《毛茸茸》這本散文是寫貓咪的故事，當時的情景描寫、質感，迄今仍像我自己的體驗般留在心頭。那種感受，就好像自己存在那感覺中。對此您自己也記得啊……那麼，回到之前的話題，隱喻這種東西，一旦自己意識到就完了？

村上　完了。那不是象徵也不是隱喻，是借用象徵和隱喻的某種東西。如果動不動就貼上標籤，會喪失它的生命。

——把村上先生自己也不知道的、不斷冒出來的隱喻全體動員的話，想必會是個毫無脈絡可循的故事吧。以您這種做法，如果是不知要領的人看了，恐怕會看得一頭霧水，為什麼偏偏還有這麼多讀者追隨……

村上　妳知道讀者為什麼會追隨嗎？

——為什麼？

村上　那是因為，我寫小說，讀者看小說，到目前為止這個信用交易是成立的。因為我寫了快四十年小說，從來沒有害過讀者。

——可以大聲對讀者說「看吧，對你沒壞處吧」是嗎（笑）。

有信用交易、時間支持自己

村上　對。換言之，如果我說「這是個黑盒子，看不見裡面有甚麼，朦朦朧朧很奇怪，但其實是我拚命花時間嘔心瀝血寫成的。絕不是甚麼怪玩意，還請就這樣收下」，這世上有一定程度的人會說「好，我知道了」就爽快收下，當然有人會不屑一顧扔開說「這甚麼鬼東西」，但也有一定程度的人不會那樣做。小說就是這樣成立的，這只能稱為一種信用交易。換句話說，小說家必要的，就是這種「拜託你收下」「好的」的信賴關係。因為有「這個人應該不會做壞事、不會做奇怪的事」的信賴，才會買我的書。如果用關西腔說「怎樣，不會害你唄？」會更生動（笑）。

——那並非「看了這本書會感動」或「賺人熱淚」這種，保證會引起共鳴的感覺嗎？

村上　不是。

——完全是兩回事？

村上　嗯。無法感動，也不會賺人熱淚。搞不好反而可能會莫名其妙。

——以為要等著看甚麼，結果自己這邊也得拿出東西，不是單方面的享受，也得承受風險……。不過，假設您的百萬讀者之中，能有多少人真的越過地下一樓和您一起走下地底深處進行這趟讀書之旅……

村上　這個我也不知道。無從估計。

——如果有五十萬人，真的能夠走下地下二樓，在某種程度接受了故事，那我覺得其他的書也該賣得更好（笑）。

村上　讀者認為，「這人（村上）雖然有點奇怪，但據說不是壞人，所以看他的書應該沒壞處吧。」這就是我說的信用交易。就算不懂這裡描寫的是甚麼集體無意識，但是，看書的人起碼大致能理解這裡好像有那麼一點意思，也大致明白有這東西的書和沒這東西的書差別所在。一定人數的讀者與我大概互相理解了「這裡有某些東西，那絕非壞的」。或者該說，我個人希望是這樣。

——嗯。我剛開始看您的書時也想過。那時候，果然成立了信用交易，在我十幾歲的時候。

村上　那非常重要。所以我最喜歡的，就是讀者來信說，「這次村上先生的作品我很失望，完全不喜歡。不過，下一本我還是會買，所以請加油」（笑）。這是最棒的讀者，因為信用交易徹底成立。這種讀者，比方說就算這時覺得「這本書很無趣」，過幾年再拿出來看，說不定會改變想法覺得「這本書其實也沒那麼無趣嘛」。有這樣的可能性在。他們就算覺得不好看還是會繼續買下一本，這就是信用交易依然成立的證據。

——原來如此。

村上　為了讓信用交易成立，作者這邊也得盡量花時間和精力，用心創作作品。讀者其實明察秋毫，看得出這書到底是花功夫用心寫的還是隨便寫的。偷工減料的作品，在時光長河中幾乎必然會消失。我們必須和時間為友，為此就得尊重時間、珍惜時間。

——在那信用交易中，有人把拿到的黑盒子隨手放在家中不管，也有人打開檢視，自己內在的某些迴路受到影響，從此像我一樣開始寫作。

村上　沒錯。因為共鳴的程度及品質當然會因人而異。

——這時村上先生把書比喻性地交給讀者時，是否有自信如果看到對方的臉，一定會被當成好東西收下？

村上　當然這只是比喻性的，但的確有那種感覺。

——可是，這個黑盒子畢竟是相當危險的場所，讀者有可能在那裡遇見自己不想知道的東西，也有可能被很多東西捲入。

村上　比方說有人嗜讀沙林傑的《麥田捕手》，卻槍殺了約翰藍儂。這種事有時會發生，故事就是生物。我們是在創造生物。那個生物，有時也會讓人心的黑暗部分覺醒。說可怕的確可怕，但那不是沙林傑的錯。

——讀者成為犯罪者當然不是作者的錯，那只是無數構成要素之一，有「馬克・查普曼嗜讀沙林傑的作品」這樣的事實發生，或者說，悲劇發生後人們發現這個事實。包括那個在內，寫小說，交付黑盒子的行為——自覺在寫百分百娛樂讀物的人或許另當別論，但是如果把文學或創作小說當成迥異於娛樂消費的理想，還是得有所覺悟才行。當然，就算期許小說發揮正向功能，也必然蘊含這種危險性。

村上　的確，故事如果沒有蘊含某種危險性就無法發揮功能。畢竟是自古以來代代傳承的裝置，所以它挖掘人心的黑暗地層部分，某種程度也是無奈之舉。不過，目前為止值得慶幸的是，關於我的小說尚未出現任何「受害」報告。

不過，我的英譯本譯者泰德・顧森寄來的多倫多報指出，多倫多的書店失竊的書以村上春樹作品居壓倒性多數，書店老闆全都這麼抱怨。類似的話題，以前也在舊金山的報紙上看過。據說我的書最常遭到扒竊。

——是沒錢的年輕小孩偷的？

村上　不知道，總之好像失竊率特別高。偷我作品的人很多。

——也許是偷去轉賣。

村上　若是那樣，應該有更好賣的作家吧，比方說暢銷排行榜上的作家。說來真不可思議。

——不過，這個話題，就某種角度而言好像讓人感到「故事」的本質。

村上　我的書，和某種犯罪性有關聯？以前艾比・霍夫曼（Abbie Hoffman）出了一本《A走這本書》引發軒然大波。到現在，如果在亞馬遜搜尋霍夫曼還會出現「要A走這本書就來亞馬遜」。很好笑。

——亞馬遜網站要怎麼偷啊（笑）。

地下一樓的「煩惱室」問題

——為了準備這次訪談，我又重讀了您寫的評論集《給年輕讀者的短篇小說導讀》，作家怎麼看那個作品，那也直接等於自己寫作時的重點。這麼一想，您似乎非常注意作家在何處將這個故事、這個小說異化。

村上　應該是這樣沒錯。

——看了之後，我發現異化點是您的關心重點，還有就是作家自己的處身之道，就這二項。重點就在如何異化，如何處理自我。我認為即便在您的小說中，二者也在無意識中成為二大動脈——在寫作的階段。

《給年輕讀者的短篇小說導讀》中，您評論吉行淳之介及小島信夫、安岡章太郎、庄野潤三這些作家的小說時用圖解說。畫了雙重圓圈，外側有外界帶來的「外在壓力」。內側圓圈中有「ego」，中間有「self」。您在《沉思者》雜誌二〇一〇年的長篇訪談中也詳細談到「對自我毫無興趣」。關於這點我想再多請教一下。若用之前那個房子的比喻（參見九〇頁），ego八成在地下一樓的部分。

村上　嗯，大概是。

——近代日本的作品，比方說私小說，大致上都在這裡，自尋煩惱。姑且就取名為地下一樓的「煩惱室」吧（笑）。這個村上先生，對自己有興趣，聲稱寫小說就等於認識自己，那麼村上先生自己的ego，在走到地下時會如何處理呢？

村上　盡量不去靠近（笑）。

——盡量不靠近？可是，一開始的話題也提到，要去地下二樓，必然得先經過地下一樓的「煩惱室」旁。

村上　垂著眼皮經過（笑），盡量迅速走過。

——這個房子的圖，如果勉強套用於「ego」和「self」雙圈圖，哪個位置相當於地下二樓？

村上　哪裡呢……這我還沒想過。

——這樣啊，該不會直接相連？

村上　或者該說，我在《給年輕讀者的短篇小說導讀》中提到的「第三新人」作家的作品中，好像沒甚麼這種「地下二樓」的要素。被軍隊拉伕，被迫捲入戰爭，遭到悲慘的下場，幾乎是身無長物地被拋棄在戰後的空無荒廢中，甚至罹患肺病，只能在那種狀況下勉強苟活，說穿了很多作品都是在艱困的環境下寫成的。所以就算有煩惱，也無暇黏糊糊地多愁善感。而且好不容易擺脫軍國主義，今後將要邁入民主主義，好像有點奇妙的爽朗。對於政治方面也幾乎都是很冷漠。我喜歡那種感覺，所以特地提起「第三新人」，在日本近代文學史中那幾乎是我唯一積極評價的團體。

——沒有地下二樓？

村上　別說是地下二樓了，地下一樓的部分都罕有。或許是沒有那樣的觀點吧，光是在地上生存就已經很辛苦了。忙著調整社會的外壓和自己的關係就已筋疲力盡，也有點談自我太奢侈的味道。那樣或許也不壞，沒那麼複雜。所以我想大概可以用單純的圖式說明作品。

不過唯有我在那本書中提到的小島信夫先生的〈馬〉、〈抱擁家族〉和丸谷才一先生的〈樹影譚〉，擁有通往地下二樓的奇妙要素。安岡章太郎先生的〈蛾〉或許也有這種要素。

——過去的名作中您覺得好的，比方說十九世紀的小說、早期的馮內果、布羅提根的《西瓜糖中》，也是因為他們對自我的處理方式吧。排除自我的方式非常酷。

村上　沒錯。對那種東西幾乎不屑一顧。

——自我通常比內含的東西更上層，可以直接排除，這大概表示不需經由這「煩惱室」，也能去別處。

村上　或許吧。我的確向來盡量不和這種近代性自我打交道，是否垂下眼皮姑且不論。對於那方面我想換個場所決勝負。

——地下一樓已經不行了？

村上　也不是不行，況且這種東西在現實中也的確發生了種種問題，但我覺得事到如今想解明也無濟於事。因為明治以來，近代文學幾乎已寫盡了那個，已經無從下手了。所以姑且排除。

——您就是從那裡開始的吧？

村上　對。所以那一層我盡量迅速通過。如果遇上了，就點點頭打個招呼，然後敬而遠之。

——原來如此。

村上　我在藝文界，該怎麼說……長期來算是遭到白眼相看，大概就是因為我跳過了那個。沒有針對那方面黏糊糊的描寫，或許被認為是對文學不誠實吧。

——可是村上先生您知道嗎，太宰治迄今依然人氣極高。

村上　這樣啊。

——當然太宰處理的自我問題中，也有當時的戰爭等種種要素，文章本身當然也很吸引人，但是喜歡太宰那樣探討自我的小說的人，有時也同樣喜歡您的小說。伴隨「這寫的就是我」的共鳴，想必當成同等重要的東西在閱讀。

村上　那是因為，在太宰的時代，這種對自我存在方式的描寫是必然的。他在那個時代不得不採取那種風格寫小說的「必然性」迄今仍在發熱呼吸。

——這表示那種「必然性」本身很有效。

村上　因為作家就是呼吸時代的空氣而活。不過，現在的人做那套恐怕就不怎麼有效了。除了特別的例外。

——是啊。關於哪個部分有效哪個部分無效，我想自己也能理解。

「把渥美清等同阿寅」⑤就傷腦筋了

——話題稍微拉回來，關於前面說的信用交易，就是因為有「看吧，不會害你吧？」這樣的累積，這次的書一出版大家才會買來看。這點我非常理解。但是，比方說，天空掉下沙丁魚、撥開石頭就射出耀眼白光這種莫名其妙的事發生，卻讓讀者感到那有作用，就是靠文體的力量吧。當然也有之前建立起來的信賴，但讀者各自轉譯置換到自己內在讓它發揮功用。而這個作業的結果，連讀者本人都很驚訝。

村上　讀者本人？

——對。讀者很驚訝，身為主角的「我」也是一邊驚訝「竟然有這種事」一邊進入奇妙事件的世界。不是自己一溜煙進去，是和讀者的精神層面共享。一邊困惑感到「就算會有怪事發生，但這也太扯了吧」一邊被捲入。身為引水人，這是要讓讀者自覺吧。

村上　是的。這種狀況就某種角度而言，從《尋羊冒險記》起就幾乎沒變過。我的小說經常歸類為「被捲入型」。但長篇小說無論古今中外，基本上都是「被捲入型」的故事。主角雖是非常中立，不，正因為很中立，才會不斷被故事的引力拉扯，去各種場所經歷了各種奇特的、不可思議的體驗。而讀者，理解主角（敘述者）基本上是個正常人，我認為這很重要。主角這傢伙絕非怪胎，是個擁有正常想法的普通人。正因如此，讀者才能借用他的觀點跟著「有點奇特的故事」或「高潮迭起的故事」走下去。

對長篇小說而言這種，該怎麼說，「接受的姿態」成了必要。少了那個，長篇小說就不成立。比方說法蘭茲．卡夫卡的小說，無論是《城堡》或《審判》或《變身》，主角都遭到莫名其妙的悲慘下場。可是閱讀的過程中，就算不大理解狀況，也可切實

⑤日本家喻戶曉的電影系列作《男人真命苦》的主角。

感受到主角的心情。還有狄更斯的《孤雛淚》，可以深刻感受到奧利佛・退斯特這個純真的少年，雖然命運坎坷經歷種種磨難仍然努力生活，所以大家可以對故事產生共鳴。《白鯨記》和《大亨小傳》也是，主角是中立的，所以周遭的怪人們的個性也會顯得特別寫實生動。這種共鳴，至少必須有讀者願意接受的態度才能成立。

——所以首先也需要信賴吧。

村上　另外，大多數讀者碰上作者用第一人稱書寫時，往往都會把主角和身為作者的我視為同一人。

——對，這種情形的確有。所以，那又對您的信用交易產生重大影響……

村上　正因如此，我才會漸漸想改為第三人稱敘事。我不想老是用第一人稱，我想暫時脫離那個。

——原來也有這個原因啊？

村上　嗯。如果把我和書中角色視為一體也很傷腦筋。就像把演員渥美清和他演的角色阿寅混為一談。把史恩・康納萊和詹姆士・龐德視為一人。

——也有那種情形啊，好像第一次聽說。

村上　或許吧。海外訪談時我也經常被問起這個問題：「主角和村上先生是否有重疊之處？」我告訴他們重疊的部分當然有，但是並不多。我的小說主角，尤其是第一人稱時，是我或許曾有過的模樣。換言之，是假定過去式。

——那是英文文法中最麻煩的時態（笑）。

村上　我們的人生，途中不是會出現許多岔路嗎？該走那條還是走這條，我們必須在那當下做出選擇。然後，我實際上走了這條路，但我如果當初走那條路，現在或許已經變成那樣——是這種假設性存在的我。我只能說，那個假設的我，或許經常是我小說中的主角。

——就這個意味而言，是和您有關的某種東西。

村上　當然，某部分絕對有關聯，否則寫不出小說。我想想喔，比方說，我算是嫉妒心比較淡薄，仔細想想，我的小說主角也幾乎都沒有嫉妒的場面。那也是自然而然就變成這樣。

——您的作品中有出現嫉妒的，好像是《舞．舞．舞》中弓良小姐去學游泳的那段敘述，弓良小姐您還記得嗎？

村上　隱約還記得。

——弓良小姐去學游泳，於是，「我」想像她被游泳教練拉著手抓著腳教授的場面就嫉妒了，可是一點也不像嫉妒（笑）。

村上　或許是不像。

——感覺上好像是「那就試著嫉妒一下吧」的嫉妒。「我」自己也說，那種情形很少有，所以漸漸搞不清楚他嫉妒的對象是誰。結果，他說好像變成是在嫉妒游泳教室本身（笑）。

村上　對對對。我好像想起來了。就是嫉妒游泳教室。

——我當時心想，原來也有這種嫉妒啊，看得很樂（笑）。關於嫉妒，《發條鳥年代記》的牛河也說過。但這次是談憎恨時順帶提及。

村上　是嗎？

——牛河說「自己很想很想很想要的東西，說不定死都不能弄到手，卻看到別人輕而易舉得到時就會湧現那種情緒」，的確是這樣沒錯。這是對嫉妒非常具體的說明，我認為也表現出嫉妒的一種原理。您很少有這樣的情緒？

村上　很少。就這方面而言，我和小說主角的「我」，有共通的部分。但當然只是一部分。

免色先生留下的謎團

——這次是免色先生嫉妒「我」。

村上　是的。在免色先生看來，「我期待的雖然全部得到了，但到頭來我只期待了能夠得到的東西」。當然主角聽到他這樣說嚇了一跳。因為主角作夢也沒想到自己竟會被人羨慕。

——原來如此。那麼，順便也想談一下登場人物，名字非常重要呢。

村上　名字很重要。

——「刺殺騎士團長」這個書名浮現，三大要素俱全，好了可以開始動筆時，有技術，也有體力，所以打從開始就有「這個行得通」的感覺吧。

村上　在那之前一直在做準備了，所以一旦開始動筆我有自信可以撐到最後。

——這時就像邀集可靠的朋友一樣，登場人物的名字也決定了吧。免色，這是個好名字。

村上　這個一下子就冒出來了。

——是從哪裡冒出來的？

村上　毫無根據。

——……。

村上　一定得替人物取名，我就在想，住在山谷對面的那個人該叫甚麼名字好。太普通的名字不行，如果是田中或安田之類的可不行。於是，一想之下，免色就突然浮現腦海。

——是漢字的組合浮現腦海？還是發音？

村上　是哪一個呢……是漢字先浮現腦海，還是發音先，我已經不大記得了，總之我立刻決定他就叫做免色。

——免色，這如果是把隱喻文字化或許有點無趣，他的全名是免色涉吧。免色先生這個人物，直到最後還是讓人摸不著頭緒。不知他在這本小說中到底扮演甚麼角色，性格也無從捉摸。

村上　是啊。他是個神祕人物。不知道此人到底能夠信用幾分。

——那個固然不知道，如果這本小說有善惡之分，他究竟是善是惡，也是非常細緻微妙的漸層色，我認為免色這個人物真的就像「無臉男」的乳白色霧氣。總之這裡登場的全體人物，該怎麼說……雖然沒有你爭我奪，可是始終有種好像讓甚麼移動的氛圍。大家好像都在「弔唁」，好像全體正在……對，正在進行將瀕死的雨田具彥從人間送往死亡世界的「儀式」，也像是對新生的甚麼做準備。而且書中不是有提到河流嗎？就在主角追著「長臉的」走進洞穴後的世界。那條河，如果也有名稱，我想「免色」是唯一的選擇。

村上　免色河嗎？被妳這麼一說才想到，那條河的確沒名字。

——他叫做涉，「免色」這兩個漢字，字面看起來就讓人有種不安。

村上　這樣啊。

——對。這當然只是我個人的感覺，但我覺得免色就是那條河的名字。另外，不是也出現了白車男人嗎？

村上　駕駛白色Subaru Forester的男人。

——那人就像是主角「我」內在的他我（alter ego）。

村上　他我，嗯，應該可以這麼說。

——當人在自我之中認識到惡時，就會變成那種模樣。不過話說回來，免色先生真的是直到最後都讓人捉摸不透欸。

村上　的確捉摸不透。不過如果重新審視這本小說，有時會忽然覺得故事其實是以免色為中心在發展。

——原來如此。

村上　其他人在某種程度都是合理的，或者說，在社會眼光看來生活方式並無特別奇怪之處。比方說無論是秋川笙子，或那個女孩子，她叫甚麼來著？

——麻里惠。您又忘了（笑）。秋川麻里惠。

村上　對，無論是麻里惠，還有雨田家的兒子、父親，他們的生活方式至少都還能理解，唯獨只有免色，他是甚麼樣的人，在想些甚麼，過著甚麼生活，始終看不清楚。

——即使是您自己寫的，也不清楚嗎？

村上　不清楚，因為他怎麼解釋都可以。真的是來歷不明，對我而言同樣來歷不明。所以，我才會有很多事物以他為中心發展的印象。長篇小說一定要有這種無法說明的人物存在。

——在閣樓發現畫作的是「我」，他的職業，也會引來藝術性的事物，但免色透過請主角幫他畫肖像畫，藉由某種儀式開通了此界與彼界的通道。畫人的臉，讓那幅畫完成，或者不讓那幅畫完成，這成了儀式的一個重點。

村上　對，故事就是透過免色發展開來。打開主角「我」的同時，也打開了故事。本來沒有他應該打不開的東西就此開啟。就連那個洞穴，到頭來，也是他找工人來搬開石頭挖開的。就某種意義而言，他雖然不到神話中詐欺者（trickster）的地步，但該怎麼說呢，他的確是推動故事的人，是生產者（generator）。少了他，故事就無法開展。

——故事中要打開可能導致災厄的石室，但結果，「我」走下地底世界遇到河流時，給他重要線索的也是免色先生，而且最後從洞穴把他物理性拯救出來的也是免色先生。到目前為止的村上作品中，能夠發揮這種作用的人物，比方說有《發條鳥年代記》的赤坂肉桂。

肉桂把主角岡田亨從洞穴撈出來，是個極度洗鍊的人物，這點和免色先生有點像，但嚴格說來，肉桂也是站在人間這一邊的人物。只是小時候受到傷害。所以，感覺上是與主角同心協力鑽出洞穴，可是免色先生與「我」做的行為是甚麼呢？好像並不清楚。

洞穴或肖像畫或秋川女士乃至麻里惠，到頭來，故事出現的一連串人事物都是他開始的，如果換個看法，一切好像都在免色的右手與左手之中。基於這個意味，免色果然是故事的中心呢。

村上　是啊。不過有趣的是，免色先生不被容許看到騎士團長。他沒得到那種資格。

——是。有資格的只有二人，「我」和秋川麻里惠。只有這二人能夠對騎士團長產生反應。

村上　所以，主角帶著騎士團長去免色家作客，可是免色看不見騎士團長。故事設定為他無法看見。

——那意味著甚麼？

村上　在這本小說中，那或許是相當重要的關鍵點。至於原因我也不知道。

——真的不知道？（笑）。

村上　真的不知道（笑）。不過，我只知道，就故事而言，他看不見騎士團長這點很清楚。但那是為什麼，理由我無法解釋。

——其實可以吧？

村上　真的不行。不，如果想解釋應該做得到，但那無法傳達全部真實，頂多只能表達百分之七十。而且如果是傳達百分之七十，還不如甚麼都別說。讓小說自己說話就行了。

我的idea和那個無關

——接著我想請教騎士團長與idea，騎士團長突然出現在「我」的面前，自稱是Idea。如果用柏拉圖理型論的理念（idea）來說，不存在惡的理念。理念絕對是善的。

村上　我都不知道。

——噢，真的假的（笑）。為此我還特地看了柏拉圖的《饗宴》與《國家》，當然只是大略翻閱啦……。

村上　好厲害！簡直像唬人的。

——不信您自己看您這本小說的副標題嘛！明明寫著意念（Idea）和隱喻（Metaphor）……好歹一般通識課也學過柏拉圖主義，我以為這樣聊到那個話題時才能跟得上，結果字很小看得很吃力。所以，idea是善的，全部都是，不存在惡的理念。另外還有洞窟的比喻，柏拉圖也是用洞窟喔。

村上　啊，這個我知道。的確是有名的比喻，雖然不清楚內容。

——村上先生……拜託，您自己寫的稿子，自己打出idea這個單字，是您親手這樣在鍵盤上敲出「idea」這個字。這不是很有名的概念嗎？所以，您難道不會理所當然地想到「順便查一下idea的意思，整理一下」？

村上　完全沒想到。

——真的嗎？

村上　嗯。真的沒那樣想過。我只是把它取名為「idea」，和真正的idea或柏拉圖的idea毫無關係，只是借用idea這個名詞。因為我喜歡這個單字的發音，基本上騎士團長只是自稱「我是idea」喔。至於它是不是真正的idea，誰也不知道。

——所謂始自柏拉圖的idea概念與《刺殺騎士團長》的idea竟然毫無關係！這種事誰能想像得到？說到idea，不就是理念嗎？我明明是這樣學來的……。

村上　真是辛苦妳了。

——真的不相干嗎？

村上　嗯，沒騙妳。我也希望自己能夠思路井然地說明idea該多好。

——可是，這本小說的idea，就算當成柏拉圖的理念也看得下去。

村上　這樣啊。

——對。而且二者都有提到洞窟。

村上　妳這麼一說我想起來了，剛才不是談到我在《給年輕讀者的短篇小說導讀》寫了ego和self嗎？當時我完全沒讀過榮格，當然現在也幾乎沒讀過。然後，河合老師看了那本書說，「啊，很有趣。」但仔細想想根本不是那回事。榮格想的「ego」和「self」，和我想的「ego」與「self」，只是湊巧用語相同而已。真的是湊巧。

——我現在被您的天馬行空震撼得發抖。

村上　所以，我根據idea的發音想到的概念，和柏拉圖說的idea想必也大不相同。我只是在表達騎士團長到底是甚麼時，想不出「idea」以外的字眼。魂魄啦、靈魂啦、spirit……雖有很多種說法，但無論選哪一個都不夠貼切。唯有「idea」，不知怎地就是特別吻合。還有，寫到「長臉的」的時候也是，我左思右想要用甚麼名字，結果「metaphor」這個字眼最順眼。除此之外沒有適合的。那種形象，或者說發音，總之就是相當大而化之。所以就算追問我詳細的定義，我也很傷腦筋（笑）。

——毋寧是「因為根本沒有定義」。

村上　對。不過，字形、字音對小說而言非常重要。有時甚至是第一優先。和人名一樣。

——《刺殺騎士團長》可以解讀為idea與metaphor的集體無意識的爭奪，如果把那個idea的定義暫時代入也很有意思欸。柏拉圖的idea，簡單說來就是現在這世界存在的都是假的模樣，一切真正的模樣在idea。

村上　噢？我都不知道。

——真的假的？我開始不安了（笑）。

村上　我真的一點也不知道，首先我就不看柏拉圖。

——如果容我抱著不安繼續說，我們的現實世界，比方說有手邊的咖啡杯，有村上先生的書，也有種種概念。但那些都是擬似姿態，善良的天界有那些東西的idea，那才是真實。天上有光源，我們看到的只不過是idea投影在洞窟壁面的影子。這就是洞窟的比喻。

村上　好奇怪的想法。

——這就是柏拉圖真正的idea概論。對，我們現在看到的，只不過是映在洞窟的影子，我們以前本來待在善的世界，idea知道事物與概念的真正面貌。

村上　原來如此。

——不過，我們因沾染汙穢被貶落這個影子世界。但我們能夠認識到某物是某物，或者看到美好的東西時知道那是美的——那也表示已經有語言了——是因為我們想起在天上曾接觸到的idea。我們能夠直觀愛與美，是因為以前曾見識到。這就是柏拉圖的想起論。

村上　原來如此。一切不過是本尊的幻影。這讓我想起馬文・蓋伊（Marvin Gaye）的老歌「Ain't Nothing Like the Real Thing（沒有任何能勝過本尊）」。

——看了這篇訪談的人，搞不好會笑話「川上還當真以為村上先生不知道，呵呵」……總之，這就是柏拉圖的理型論。如果照正常思考，「惡」應該也有idea。如果在這裡加上殺人或流血、戰爭這些字眼，戰爭也有idea，流血也是，沒有idea就奇怪了，可是柏拉圖斷言那絕對沒有。Idea這種東西，就算退讓一百步也絕對不會有「惡的idea」這種說法，頂多只會說「不是善的狀態」。他認為真實就是善，所以惡並不存在。這個邏輯我不太懂（笑）。不過，如果把這種理型論代入來閱讀《刺殺騎士團長》，不免發人深思許多問題。例如：殺死善是甚麼意思，基本上為何雨田具彥畫的該殺的「騎士團長」可以自稱idea……等等。但您完全沒意識到這些？

村上　完全沒意識到。不過，我對意識倒是仔細想過。人類的意識出現，在人類歷史上是很晚期的事，在那之前幾乎只有無意識。在這種無意識中心的世界，人們沒有個人意識毋寧是集體做判斷而生存。但是都市形成，出現更高度的組織與系統後，「無意識」的作為漸漸被升格到「意識」的領域。升格，或者說是更有邏輯。因為如果不這樣做就無法有效維持系統。

我認為那是同樣的道理。人們以前在無意識中大致全部處理的事情，如今必須根據意識去處理了。語言體系也隨著統整。在無意識的世界，人們根據甚麼而活呢？是預言。古代社會有巫女，或者，有國王扮演詛咒師的角色。他們在無意識的社會中繼續琢磨無意識，就像避雷針接受雷電，接收了各種訊息後再傳達給眾人。普通人不需要有自己的意識，那種東西甚至無處使用，只要遵循預言活在無意識的世界即可。那樣更輕鬆。無法再接收訊息的國王被殺死，迎來新的國王。但是隨著社會「意識」化，這種巫女式的存在漸漸失去力量。空氣改變，無法再接收雷電，我認為idea或許就近似那個。真正純粹的東西只存於無意識中，但我們已經看不見那個，只好退而求其次，看看被意識投影的東西。現在聽妳說柏拉圖的論調，讓我想起這個。

——原來如此。

村上　我想像他或許來自古代的無意識世界，來自意識之前的世界。就這個層面而言，和柏拉圖的論調倒是有相通之處。

巫師與小說家的差異

——您說寫小說，尤其是長篇小說，就是走下今天也提及多次的「地下二樓」，如果換個說法，您認為可以形容為甚麼樣的行為？

村上　如果按照剛才的話題，就是接收雷電。

——接收雷電。就某種意味，像巫女？

村上　像巫女。或謂靈媒。這種人的體質想必比他人更容易導電，多多少少接收到，然後再把那個訊息傳達給眾人。就某種意味而言，等於是避雷針。

——嗯，就某種意味而言。

村上　所以，若問有無作家的才能，那種事誰知道，況且對我來說也不重要。倒是接收這種訊息的能力或資格遠遠更重要，那和藝術才華恐怕有點不同。

——講故事的能力越強越能夠吸引各種人，所以接收雷電的機會也會增加……。

村上　所以，或許有時連奇怪的東西也一併接收。況且若要繼續扮演避雷針，也需要相應的體力。

——需要接地（earth），況且，要把接收到的東西化為「善的故事」交給讀者，必須有相應的文體，以及「不會害人」的善心。

村上　是甚麼時候開始感到自己或許有這種接收能力呢？我也不太清楚，大概是……寫《世界末日與冷酷異境》時吧，當時，「世界末日」的故事與「冷酷異境」的故事是分別按章節寫下去，不知為何我始終確信最後一定會合而為一。之所以有這種確信，大概是因為有「接收某種東西的力量」。那次也同樣毫無計畫，只是一直寫，最後就合為一體了。感覺很痛快。

——虧您能做出那麼恐怖的事（笑）。

村上　當時，我第一次感到自己的寫法或許和普通人稍有不同，我記得還想過原因。

——比方說我的友人中也有唯心論者，也有人非常盲目相信靈媒，他們創作出獨特的故事。故事顯示這個現象與那個結果都有意義，比方說對於你現在遭受的困難，他們會說這是你前世或更前世的因果報應，叫你概括承受。面對不安的人們，他們有時也會藉此賺錢。那也是一種故事的形式。

村上　是啊。是一種故事。

——可是，我還是無法感到那是「善的」。這當然是我個人的看法，但我們寫小說，如果拉遠了看來，和他們其實沒那麼大的差別。

村上　最大的問題，就在於那是不是自發的。

——自發的？

村上　比方說有人算命。說這種人本就具有某種特殊能力，我想應該沒錯。但是當算命成為職業，有客人上門就得負責解答時，如果完全沒有訊息降臨就做不成買賣。這時的問題是甚麼呢？就是那變得不再是自發的，因為不可能每次都剛好打雷。於是在這樣打馬虎眼的過程中，就培養出了「做業務」的技巧。但小說家只要沒有交稿期限，可以自發地隨自己高興寫小說或不寫小說。對吧？可以自己控制「被雷劈」。我認為那是職業算命師、靈媒和小說家的根本差異。

——原來如此。就某種角度而言等於是開始說謊，不再帶有真正的靈性。

村上　當事人恐怕也不知道吧。因為那種差異很微妙。

——分不出區別或許很危險。

村上　非常危險，意識與無意識的界線會漸漸看不清。某些小說家身上或許也發生同樣的現象。

——或許吧。

村上　所以，我每次都說，作家必須是自發性的。年輕時，被截稿日期逼得腦袋空空，已經談不上甚麼點子，總之就是坐在桌前拚命寫寫寫，過程中好像就會有甚麼東西來臨。像電波一樣，這樣就能勉強混過去交差。

——是啊。

村上　年輕時可以這樣。但某天起，即便到了交稿前夕還是毫無靈感降臨，也沒有打雷。但是有交稿日期，所以只好勉強擠出故事。但那樣非常危險，也很不誠實，我看過很多作家就是這樣久而久之被毀了。年輕時，大家都說「小說這種東西，等到截稿日前夕再寫就行了」。可是，打從某一刻起那招不再管用。

——按照剛才的說法，算命師或靈媒基本上扮演了避雷針的角色，帶有某種靈性。我認為也可以這麼說藝術家全體。把顧客當肥羊宰或自覺惡意明知故犯的人另當別論，算命師與藝術家基本上不是以營利為目的，而是處於運用「接收力」試圖產生甚麼的循環中。小說家在原理上擁有同樣的東西，只不過我們用的是文字，但小說家也同樣需要某種類似靈性的、靈媒式的東西。嗯——。

村上　如果這麼說就太露骨了（笑）。不過，沒那種能力的人或許的確無法寫小說。多多少少，某種程度上。當然就算被雷劈的頻率低，也可用別的力量彌補，想必有各種因應之道，但是完全沒那個能力的人，恐怕無法寫小說。無論文章寫得多好，也寫不出小說，就算寫出來了也不會有讀者。所以我每次都說，腦袋太聰明的人不能寫小說。

——您說那樣寫出來的東西會變成聲明書。

村上　對對對，太聰明的人寫的小說往往架構清晰可見。就算看了，老實講也不有趣。因為理勝於情，變成單方面的聲明稿。評論家或許會讚美，但讀者不買帳。不過，太笨當然也寫不出來。

——太笨也不能寫，太聰明也不能寫。

村上　兼容並蓄真的很難。就這點而言，我或許是老天爺賞飯吃（笑）。

想有個正向的結局

——您剛才說，把《刺殺騎士團長》視為以免色先生為中心的故事也是一種看法。

村上　本來完全不打算講那種故事。山谷對面住的只是一個奇怪的有錢人，可是隨著故事發展，漸漸開始帶有莫名其妙的力量。正因如此，麻里惠才會被免色的房子吸引。當然，死去的母親是免色的前女友，免色或許是她親生父親的可能性，也隱約瀰漫在周邊，但就算撇開那個不談，她也被免色這個人物與那棟豪宅漸漸吸引。這個故事寫得很長，我一次又一次修改，期間，我感到自己描寫出漸漸能夠接受的人物。以前寫的，有些人物難免有點假。相較之下，這次好像一點一滴有了真正的血肉。

——以前的作品讓您這麼覺得？有點假？

村上　有些人物，如今看來，好像背後的企圖太明顯了。一方面也是因為當時還沒有能力描寫得那麼透徹。另外，塑造人物的立體性、替人物增添血肉的方法，是透過一些小動作、三言兩語，這些細節的描寫……

——就能夠讓人產生印象，會塑造出形象。

村上　對。那還是得一再修改才能漸漸確定，而且也需要作家的經驗才能達到那個地步。經驗豐富了自然熟能生巧，也有些是經驗不夠就無法成功。

——這次的小說中最有趣的，就是在主要場景，登場人物們重現了〈刺殺騎士團長〉這幅畫的構圖。主角在閣樓發現畫作的那一幕，正是〈刺殺騎士團長〉這幅畫中「長臉的」從洞穴探出頭的構圖，在安養院的雨田具彥房間也重現了同樣情景，成了套盒狀態。而且這個故事本身，好像要把雨田具彥的人生重新來過，有種執念，他沒說出口的經歷，由登場人物全體「重新改寫」。我認為這就是您說的「雖不是很清楚，卻在讀者內心發揮作用」，也在我內心發揮了作用喔。在我看來，為了雨田具彥的死，就為了一個人的死，不得不召喚這麼多形形色色的人與物。我喜歡他的兒子雨田政彥。

村上　嗯，那是個好人。這人出現，我也鬆了一口氣。感覺他也會在夏目漱石的小說出現當配角，這種人還挺重要的。

——政彥很好。雖然想必也有過很多痛苦。而「我」深深理解這點，也讓我很感動。最後，他說「一個人死去是勞師動眾的作業」那一幕讓我印象深刻。雖然時時刻刻都有很多人死去，但那其實是很嚴重的大事，內部到底發生了甚麼誰也沒體驗過，死人也不會告訴你。每一樁死亡，就算有這麼多人事物被召喚也不足為奇。只是我們看不見、不知道罷了，一個人的死亡說不定就會發生這麼多的事。當我想到自己或許也同樣被召喚時，這個故事就在我心中開始產生現實感了。就此意味而言我認為我讀進去了《刺殺騎士團長》這本小說。所以最後具彥死時才會微笑。昔日在維也納到底發生了甚麼，當然始終真相不明，想必也無法訴諸言詞，但臨死前他終於看見了某種東西。當他看見騎士團長被殺的場面、看見本來應有的樣子時，他露出微笑。這裡寫出了一個救贖。《發條鳥》的結尾，村上先生也說本來一直抱著讓主角岡田亨溺死的打算，可是寫到最後的最後忽然覺得「不救他不行」，那種感覺我非常能理解。不過，故事為什麼總在最後尋求救贖呢？您認為這是為什麼？

村上　我記得寫《發條鳥》時，在那之前看了傑克．倫敦的《馬丁．伊登》這本長篇小說，最後主角溺死。

——這您說過。

村上　我心想，我也想寫那種景象。最後主角大概會死吧，（對我來說很少有的）在動筆時就隱約這麼預定了。可是寫到最後那一瞬間，我還是覺得「不能殺了他」，所以就沒殺。迄今我仍認為那是正確判斷。

——那是故事帶有善的成分所必需的吧？

村上　當時我認為，長篇小說最終一定要留下正面的東西。就算是悲劇結局，那也必須牢牢通往下一個階段。《發條鳥》中，主角如果在那裡死了，我感覺就不成為正面的故事了。所以才會讓他活著吧。

——為什麼您認為一定要正面？

村上　長篇小說的寫作固然不用說，讀起來也很辛苦。對於完成這項辛苦作業的人，給予某種報酬，無論如何都有其必要。

——是。

村上　嗯，某種程度上不能沒有那個。如果《發條鳥》的主角死了，這個結果，一定會傷害到周遭的很多人。那不是正面的結局，說穿了，是就道德主義的意義而言。

——那已經成為您心中的一個指針？或者說希望？

村上　是啊，我不是說非得寫成幸福美滿的結局。甚至可以說，我的小說很少有美滿結局。《尋羊冒險記》的最後也是落寞的結局，還有《世界末日與冷酷異境》的主角最後也留在那個世界了，和影子分開，孑然一身，絕非圓滿的結局。但讀者內心會產生一種信賴感，覺得即便如此人們想必還是會在這世界繼續活下去。會給活下去，或者說倖存者，帶來希望。那對小說很重要，至少對具有某種長度的虛擬文學而言。比方說約瑟夫．康拉德的《吉姆爺》中吉姆最後死了。那當然是悲劇結局，但吉姆的死，毋寧比吉姆的生更能帶給讀者救贖。那很重要。《刺殺騎士團長》的最後，麻里惠對免色漸漸失去戒心，感覺好像甚至可能會一起生活，最早看過的人當中——目前看過的人還很少——也有人提出意見認為那不像麻里惠的作風。但我覺得就算有那種可能性也無所謂。

——不，我也認為非常好。最後她不是說「很久以前的事不太記得了」嗎？僅僅數年前的事已經成了很久以前的往事。我認為很精采，因為可以非常清晰感到她自身的時間流逝，三、四十歲的成年人，和十幾歲的她，時間的流動方式截然不同。

村上　十幾歲的女孩都很善變。

——那種不容分說的感觸，從對話中精采表現出來了。

村上　所以，我覺得這種善變，或許也是一種救贖的可能性。

——意思是會逐漸改變形貌是吧。

村上　免色先生今後會怎樣，這個不得而知，連我這個作者都不知道，只能想像。不過對主角而言，那已經是過去世界的事件。那沒有進入「我」的故事中。至於免色先生與笙子姑姑與麻里惠今後會怎樣，那又是另一個故事了。

——最後以「騎士團長真的存在喲。妳最好相信」這句話作結束，經歷了旁人難以置信的奇妙體驗的「我」與麻里惠，在那時的確看見了騎士團長，這是千真萬確的，「我」把騎士團長視為某種「善的事物」的預，結果也的確獲救了。一如相信自己般相信騎士團長。結果，有了「室」這個女兒誕生。

村上　是的。故事向那裡流動。

——那已經超越了生物學的因果，幾乎堪稱強詞奪理的在最後展現出強烈的意志：這是對自己非常重要的人、它那神奇的存在值得相信。這果然和美滿結局不同，但我們有信仰這個強大的力量……應該是這樣吧……這麼問也很怪（笑）。不過，最後好像就是描寫了這個呢。

村上　嗯。這本小說的結束方式，我自己還挺滿意的，但讀者之中好像也有人覺得：「啊，這樣就結束了？」

——具體而言，是想問「應該還有下文吧」？

村上　是那種「用這種方式收場嗎？」的感覺。他們好奇「後來到底是怎樣？」（笑）。這方面的收尾方式很困難，我的小說大抵上都是這樣結束。但在我看來，寫長篇小說時我通常會有「一定得讓故事在這裡結束」的明確感覺。所以毫無遲疑。

——這個故事，也是把一度打開的東西又想關閉的故事吧？本來眼不見為淨的世界，在某個契機下展開，卻又不能就此放任不管，災厄，或者各種事物會產生，於是在騎士團長的協助下，麻里惠和「我」再次關閉圓環。但這篇小說，我認為在您作品中比較罕見的，就是一開頭便從「我」回顧過去「決定再次與妻子復合」開始。

村上　是的。

——我認為那本來也可以從失去妻子開始寫起，最後結果如何不得而知。這也是一種寫法。這樣讀者想必也能體會到「淨化」作用。用「雖然全部結束了，但其實——」這種方式開始敘述故事，也是順其自然產生的嗎？

村上　是的。那從一開始就必須寫，一開始先寫出結論。那和提早爆雷不同，類似一種旁白告訴讀者：就是這樣一個故事，不嫌棄的話還請一讀。是作者的宣言，或者，是對讀者的挑戰。由此產生情緒。那是從一開始就決定的。

——那麼，「無臉男」出現的序幕，是寫作途中回溯前情，才讓他在開頭出現嗎？

村上　是的。起初並沒有序幕，後來才覺得需要這樣的東西，於是又回頭補上。因為我發現最初寫的開始「從那年五月至第二年年初……」這段文章，作為小說的開頭好像有點太安靜了。我想如果在前面放上序幕或許可以產生緊張感，故事的開頭畢竟很重要。雖然決定上下冊共三十二章，但再加個序幕應該也無妨。

——一口氣看完，然後再回頭看序幕，就會產生一種「事情還沒結束喔」的不安穩。這是「我」無法放棄繪畫的表徵，似乎也暗示著一旦打開的東西沒這麼簡單輕易關閉。雖然現在看似關閉了，但是將來隨時都有可能打開。

村上 通往地底世界的入口，或許哪天又打開。

——無法關閉。所以會預感到，那純粹只是對症療法，只能見招拆招因應當時情況做處理。結果，企鵝護身符也沒有拿回來呢。

村上 如果能畫出「無臉男」的肖像，便可拿回企鵝護身符，但或許很困難。不過，那也許將是他的人生一大課題，而且那個課題或許會改變他。故事仍將繼續，其中自有後期歷史。至於我寫不寫另當別論。

另外，關於這本小說，過去我從未畫過油畫。所以不了解畫油畫的細節，大體上全都是靠想像描寫。事後拿給專家看，請對方指出不妥之處，再修改細節。不過，也沒有太多錯誤就是了。

——關於具體的作畫順序之類的？

村上 嗯，還有工具的使用方法等等，這種細微的具體部分，只有真正畫過的人才知道。其實應該實際去學油畫，自己畫點甚麼會更好，可惜沒那麼多時間……不過大致說來，只要把小說家寫小說替換成畫家作畫，之後大抵都能靠想像力寫出來。

——因為原理上是相同的。

村上　幾乎完全一樣。就技術的角度而言，只不過作業不同，但在創造作品上，看到甚麼，把焦點鎖定何處，如何塑造形象，如何展開，順序，技巧，創作意識等等，這些東西和小說家寫小說的行為在本質上毫無分別。所以，描寫主角在畫布上作畫的過程，並沒有事前想像的那麼吃力。

——免色先生起初請主角作畫時，提到畫肖像畫和作為模特兒被畫，等於是交換彼此的一部分，從這裡開始，他們二人就有混合的感覺。從彼此被危險地吸引的狀態開始，那果然也可替換為讀書和寫書吧。

村上　嗯。關於這種類似「交換」的部分，免色先生與「我」的關係，好像也隱約有點同性戀的要素。免色先生有沒有這種性別傾向我不知道，但他那種「渴求」似乎有點潛在性地散發出那個味道。當然這不是作者的意見，純粹是我個人意見（笑）。

——和「我」與政彥的對話不一樣。

村上　多多少少有點情色的味道。免色先生對主角，顯然渴求著甚麼，八成是自己缺少的甚麼。尤其是把人獨自留在洞穴底下，更是讓人不得不感到這種渴求。

寫作讓您自身有變化嗎？

——那麼，今天我想最後用這個問題作結束。您的小說，比方說有些東西作為主題反覆出現，例如：井。前面您說那是自動冒出來的莫可奈何，撇開那個不談，看小說整體結構時，經常寫到「失去的東西，在另一個世界找回來」這種動向、行動。我認為從您最早期的作品一直都有這個現象。即便作品的細節或主題、人際關係改變，還是每次都有提到。這樣持續三十八年來，是否感到甚麼變化？

村上　應該說，我根本沒有意識過這點。

——啊……？意思是，本來就沒有意識過正在做「把失去的找回來」這件事？

村上　對，完全沒有。

——那、那真是……可是，會被大家指出這點吧？無論是訪談時，或在任何場合。

村上　嗯……誰知道。以前，《尋羊冒險記》或《世界末日》時，或許有過一點那種意識，但總之現在是沒有的。

村上　不過被妳這麼一說……（一陣沉默），是啊，這次的小說，或許的確是主角想設法找回他與妹妹komi的關係的故事。「我」與妹妹，昔日擁有徹底完美的關係。幾乎處於無意識狀態，是純真無垢的樂園狀態。但是妹妹的死讓他失去那個，雖非等價，但他探求的是有機結合的東西。原來如此，現在被妳一說才注意到。

——啊？您現在才注意到……？

村上　主角曾試圖在他和妻子柚子的關係中找到，可惜並不成功，妻子移情別戀。於是「我」孑然一身，隱居山中，遲遲無法找到與之匹敵的東西。

——最後他進入地底世界，重新審視失去komi的這件事，終於得以鑽出洞窟的狹仄來到石室中。從洞裡被人拉上來時，他心中也就此少了一個對柚子的過濾裝置。也因此，他才能夠就真正的意義上坦然與柚子再會……。

村上　這時「室」這個新的可能性就誕生了。的確，被妳這麼一說或許是吧，但在妳這樣問起之前，我壓根沒想到那種事（笑）。

——我到底該怎麼辦才好啊（笑）。就小說而言，有一條只能這樣的必然線，所以主角才會追著「長臉的」進入地底世界，一再逡巡中終於來到他失去komi的洞窟。不管怎麼想，那條線都清晰可見吧？

村上　不，我真的沒想過。我滿腦子都是故事走向，光是跟上那個走向已是重度勞動，無暇再去思考其他。，這是真的。如果停下思考就寫不了。

——對、對喔，不去看意義，如果被意義絆住腳就完了。

村上　寫完草稿回頭修改時，忙著琢磨每段文章，檢討各種事件的整合性都忙不過來了，沒時間一一思考這種故事的構造問題。

——您就是這樣每寫一篇小說就得去地下二樓好幾次吧。三十八年來，想像中，地下室應該也多了好幾間？或者，是把地下拓寬了？我是說地下二樓的空間。

村上　不，與其說拓寬或加深，毋寧有個恆常不變的世界。或許是不具備寬度、深度或隔間的世界。世界本身不變，但在那裡還是會有更多東西進入視野得以捕捉吧。

——那，場所不變，但場所中的東西可以看得更清楚，是嗎？

村上　嗯，可以這麼說。那裡的東西，雖然有時會變形，但到頭來都是一樣的東西。例如：《世界末日》中的地下鐵車站內，「黑鬼」的所在，還有《尋羊冒險記》的北海道的山莊，羊男出現的地方。雖然會以各種形貌出現，但那個世界本身的成立與質感不變。那樣的世界迎來主角，或者說，誘使主角進入。《發條鳥年代記》中，主角從水井穿牆進入那個世界。換言之，是主動有意圖地進入那個世界。

——您扮演避雷針，接收就某種角度而言的靈性，以及各種東西，把他們寫成小說。藉此，您自身有變化嗎？我是說藉由寫作。

村上　大概沒有吧（笑）。

——不會嗎？比方說因此更深入了解自己。

村上　我想應該不會。

——不會？您經常說「為了認識自己而寫小說」，那純粹只是比喻嗎？寫作也等於是走入地下深處，藉由寫作讓自己……舉個非常淺近的例子，寫作時，不是會以自身印象鮮明的體驗為基礎嗎？比方說，根據母親和自己的關係寫小說，當然寫父親也可以。此舉在作家自己看來，不也等於是克服那種關係的行為嗎？

村上　真的嗎？

——這是比方啦，這個例子有這麼讓您驚訝嗎？

村上　相當驚訝（笑）。

——啊，差異就在這裡吧。

村上　這種事我壓根沒想過。

——您的出道之作，當然不等於您的感覺，但不是被評論為一種「治癒」嗎？寫作，與治癒行為。

村上　是這樣嗎？治癒啊……

——所以，如果把治癒這個看法擴大解釋，比方說把童年陰影寫成小說，就可以將之相對化。如此一來，問題在自己內心再次變化，雖然不可能就此脫胎換骨，但對寫作方面也會產生一些變化吧？寫作這個行為，我認為多多少少包含了這種治癒行為。您很少有這種感覺？

村上　如果其中有治癒性，我想應該這樣說吧——換言之，剛才不是說過假說的「我」也許是我的小說主角嗎？不是真正的我，是曾經可能是另一個我的、假設的「我」。人做出許多選擇，然後才有了現在的自己，如果曾在某個時間點做出不同的選擇，或許就不會形成現在這個自己。在現實生活中，並沒有這種成為「另一個不同的自己」的機會。可是在小說中，只要你想成為那樣的人，就可以成為。我自己可以成為不是現在這個自己的另一個人，成為替代的我（alternative self）。我想那或許算是一種治癒行為吧。

——那種情況下，您認為是治癒了甚麼？

村上　藉由選擇這條路修正自己內在產生的變化、扭曲，藉由進入選了另一條路的我體內。換言之是把同化與異化交換吧。

——其中，比方說也牽涉到對過去的後悔嗎？

村上　我很少後悔喔。純粹是物理性的變更。如果稍微出現一些扭曲，可以藉著嘗試體驗另一種可能性，把它修正過來。那對身為小說家的我相當重要，我想所謂的治癒大概就是指這個吧。不過我最近幾乎都不用治癒或治療這種字眼。不管怎樣，完全沒有藉由寫作置換童年陰影來掃除心結甚麼的。老實講，我也不太希望做那種事。

——那是自我層面、地下一樓的事吧。

村上　對。如果搞那個，故事會立刻變得很無趣。讀者會敏感地察覺：啊，這個是作者想把自己的真實經歷相對化才寫的吧。那樣故事就變淺了，況且我個人也不太喜歡那樣。「為了認識自己而寫小說」，我有這麼說過嗎？或許有說過，但我不記得了。或者該說，最近我開始覺得，好像並不怎麼想認識自己了。感覺上好像事到如今知道了也沒用，真的。

（二〇一七年一月十一日　於新潮社俱樂部）

| 第三章 |

失眠的夜晚，
和胖郵差一樣罕有

《刺殺騎士團長》是環繞繪畫發展的作品，所以選個與繪畫有關的場所應該也不錯，這次訪談就選在畫家三岸好太郎的畫室。這天非常冷，周圍放了三台電熱器。靠近挑高天花板的牆面高處有一扇門，彷彿無法走下地底的洞穴，我們熱烈討論著「很有『長臉的』感覺呢」。彷彿童話場景般有暖爐的餐桌，沙發，椅子，我們在畫室內四處移動一邊進行訪談。也拍了照片。畫室後面有細心打理的英式玫瑰花園，只有一朵小巧的白玫瑰，彷彿想起甚麼似地兀自綻放。

只要不斷改變文章，就無所畏懼

——《刺殺騎士團長》是以一段事先無目的寫成的文章開頭。聽您說這次的第一人稱「我」或許是受到當時您翻譯的錢德勒影響，我頗有恍然大悟之感，的確能理解那種氛圍，但首先想起的還是《大亨小傳》。今天，首先想請教與《大亨小傳》的關係。本書關於地形與房子的描寫、免色先生的造型、與「我」的距離、關係性……在在讓人想起尼克・卡拉威與傑・蓋茲比的關係。想當然耳，您早有意識？

村上　當然，這點從一開始就意識到了。

——能否多談談這方面的話題？

村上　無庸贅言，隔著山谷眺望對面，是直接借用了《大亨小傳》的舞台布景，還有免色先生的造型，也有某種程度是傑・蓋茲比的人物特質。富裕的神祕鄰居蓋茲比，每晚眺望海灣那頭的綠色燈光，這是人人皆知的著名場景。而免色先生也同樣每晚眺望山谷對面那棟屋子的燈光，孑然一身。這說來算是一種連歌[6]的形式，或者說，是我個人對費茲傑羅的致敬。所以我當然意識到，「我」這個第一人稱敘述者，某種程度上等於《大亨小傳》的敘述者尼克・卡拉威這個象徵。

——那是一開始就想定的？

村上　實際開始動筆，要設定住在山谷對面的人物時，我才想到「啊，這是蓋茲比嘛」。並不是一開始就刻意這麼設定。

——是後來才想到「啊，這是蓋茲比」？

村上　嗯。有那種地理位置，有山谷，對面有大房子，是出現這樣的條件後，才赫然驚覺「啊，對了，這是蓋茲比」。

——過去您寫作時，您的文化文件櫃中收納了各種要素，所以才會冒出意外的事物，而這次偏偏是《大亨小傳》。可見那對您是非常特別的小說。

村上　我翻譯《大亨小傳》時已快六十歲了，和翻譯錢德勒的《漫長的告別》差不多是同一時期，是在那之後？

——錢德勒在後。

村上　是之後沒錯嘛。親手把《大亨小傳》一字一句譯成日文，和單純的閱讀大不相同。在自己內心沉澱的方式不同。小說的細節就像渣滓在自己的內心沉澱。而且那種沉澱具體地啟發了我。很自然地激勵我前進。所以翻譯《大亨小傳》和《漫長的告別》，好像比我以為的更有重大意義。

——能夠以那種形式再次邂逅自己心目中的特別作品，身為作家會很開心呢。

村上　嗯。《大亨小傳》這本小說，好像已成為自身骨骼的一部分。所以能夠把它脫胎換骨地用上，讓人非常振奮。反過來說，說是「一物多用」好像有點那個，但能夠這樣將架構移行、轉用，或許也是文藝名作的重要條件之一。正因為有這種可能，才會被稱為經典之作。

——這個周末我重讀《大亨小傳》，有一段寫到「你哪天邀請黛西來家中吃午餐，屆時我能否也出席」，這種細節也和您的小說互相呼應。

村上　是啊。那方面的對應我當然也意識到了。感覺上，邊寫邊在心中偷笑了一下（笑）。

——真好。您寫其他作品時，也會這樣刻意把心目中的特別作品不動聲色地悄悄透露線索給看得懂的人看嗎？

村上　過去有些作品中，我也玩過這一招。算是小遊戲，或者說向名作致敬。我認為，人

⑥連歌：多人以接力的方式輪流創作短歌互相唱和。

生之中，真正衷心信賴、或者很感動的小說其實寥寥無幾。許多人會一再重讀，仔細反芻回味。不管是不是寫小說的人，這種對自己真的具有重要意義的小說，一生之中頂多有個五、六本。最多也不過十本吧。而且到頭來，這少數幾本書，會成為我們的精神支柱。至於小說家，會把那個構造一再重複，用別的說法改寫（rephrase）或轉譯（paraphrase），有意識或無意識地融入自己的小說中。結果，那或許就是我們小說家在做的事。

不是有位作家波赫士嗎？有一次他寫了詩，在朋友面前朗讀，結果被嗆：「五年前你就寫過一模一樣的詩了。」但波赫士本人早已忘記以前寫過那種東西。對此他是這麼說的：「詩人真正想寫的，一生之中僅有五、六篇。我們只是用不同的形式不斷重複它而已。」被他這麼一說，或許的確如此。到頭來我們或許只是不斷重複五、六種模式到死。但在隔個幾年就重複一次的過程中，形式和質地會不斷改變。廣度和深度也會不一樣。

——想必屆時作家害怕的，是自我模仿的可能性吧，會懷疑自己是否在開倒車或者炒冷飯。重複相同的五、六個模式還能感到在進步，是在甚麼地方感到的呢？

村上　文章。

——文章？

村上　對，文章。對我來說文章就是一切。小說當然有各種要素，包括故事的設定或登場人物或構造等等，但最後還是會歸結到文章。文章如果變了，變得嶄新，或者進化了，即便是一再重複寫同樣的東西，還是會成為新的故事。只要文章不斷改變，作家就無所畏懼。

——只要文章不斷改變，就無所畏懼。

村上　嗯，甚麼都不用怕。如果文章停滯，就會變成只是在炒冷飯，可是只要文章更新，帶著血肉持續更動，一切就會截然不同。

——您曾說文章之中最重要的是節奏，所以也可以說是要把節奏做到極致嗎？

村上　是的。聲響，節奏，如果無法確定這種東西在自己內心和之前不同，還是會害怕吧。只要文章不同，即便是同樣的故事，前進的方向性也會改變。作家只能這樣前進。

——您在寫《人造衛星情人》時，曾在《廣告批評》雜誌的訪談中提到，這篇作品有意識地運用了大量比喻。您把過去喜歡過的文體全都複習一次，還說意識到「這種文體的小說已經寫盡了」。

村上　嗯，那時候，我很想把文章風格徹底轉變一下。

——那麼，是把過去所謂的村上式文體全部用盡，做到極致了吧。到《人造衛星情人》為止，也等於是文章前進的過渡期嗎？

村上　對對對。總之把有我風格的文章，或者過去被人評為「村上春樹式文章」的文章，也就是大量運用比喻的輕快文章，徹底寫到極致，然後就覺得「這樣已經夠了」，之後最好出現不同的文體。後來便寫了《海邊的卡夫卡》。《海邊的卡夫卡》這篇小說，用過去的文章無法徹底寫好，非得換個不同的文體不可。於是我開始嘗試各種不同的文體，結果星野君和中田老人這些過去沒寫過的人物特質就自然出現了。不過在做到那一步之前，必須先把過去的文體複習一遍才行。

《挪威的森林》的夢幻劇本

——您說寫出道第二作時，還不太了解小說，花了很多時間摸索自己的風格。之後又花了很長的時間直到寫出《人造衛星情人》，打造出您剛剛說的「有我個人風格的文體」。一旦全部收拾整理再轉為另一種文體時，具體上作家能做的是甚麼？

村上　當然不可能那麼容易就將文體收拾整理，另創新的文體。因為我們不可能臨時動用過去從未使用的肌肉。只是在心情上，決定將文體轉換至新的方向性。新文體創造出新故事，新故事補強新文體，有這樣的良性循環是最好。

——當然也要看作者，但要獲得有自己風格的文體、一看就知道是自己寫的文體，基本上還是很困難吧？況且還得確認那個文體到底好不好。您寫的文章能夠讓人一眼就辨識出來，又能繼續前進下一階段，與讀者分享，我認為這相當不容易。

村上　到頭來，是我喜歡寫文章。總是在想文章，隨時在寫文章，不斷做各種嘗試。光是自己手中有文章這個工具就已經很開心，很想嘗試這個工具的各種可能性。因為好不容易才得到這種東西。

——絕對不會停下腳吧。與下一階段毫無停滯地無縫接軌，即便近看也知道那種變化，但稍微站遠了看，換言之過個幾年再看，就會發現其實是有機地染上漸層色。

村上　之前也提過，我寫《挪威的森林》，做了徹底寫寫實小說的實驗。《人造衛星情人》是想把過去的文體做個複習整理才動筆，還有《黑夜之後》幾乎是劇本式的寫法。

我一直在用「較短的長篇小說」進行自己的實驗，每次給自己一個新課題來挑戰。《多崎作》就我個人而言也是實驗性，是描寫團體的小說。這種東西我以前沒寫過。那種長度的小說，對作者而言最容易做實驗。若是短篇，需要某種程度的統整，太長的長篇也無法隨便實驗。因為如果隨便搞不上不下的實驗會無法收拾。但是像《衛星情人》或《國境之南，太陽之西》，還有《黑夜之後》、《多崎作》那種厚度的一本書，就可以大膽做實驗。徹底解放感覺，嘗試新的情境。所以對我而言是非常重要的容器。但是那種長度的小說，多半不得讀者好評。

——您自己心裡有數？（笑）

村上　我不知道，到底為什麼（笑）。短篇歸短篇，也得到某種程度的評價，較長的長篇也受到肯定，唯有篇幅在兩者之間的小說，至少在剛出版時，不知怎地好像得到的負評比較多。通常都是批評我偷工減料啦、和過去一成不變啦，或者說我想搞創新反而失敗啦等等。

——那是介於短篇與長篇之間，所以讀者或許還是期待更長篇的故事，覺得那樣有點不完全燃燒吧。

村上　不知道。我個人倒是對這種小說有偏愛，在國外更是評價好得離奇。

——短篇小說看完後有犀利、爽快感；長篇小說的氣勢磅礴，看了可以完全代入個人體驗。這些好處村上先生的讀者都知道，但是碰上較短的長篇，又該怎麼看待作品，或許有點困惑吧。

村上　讀者意見表上寫的都是批判的意見，讓我的編輯非常沮喪。我很同情（笑）。不過，我倒是不怎麼在意。因為過了一定的時間後，很奇妙地自然會被重新肯定，也會有人跳出來表白「其實很喜歡」。越到後來，評價就越高。

——「其實很喜歡」，這真是不可思議的感想。不知在顧忌甚麼（笑），一開始這樣直說不就好了。

村上　或者是書中有甚麼地方刺激了讀者，讓讀者感到不適。於是招來反感？但有些東西的確只有這種中篇小說能做到，我寫完後也確實留下相應的達成感，所以就算評價不好，我也不擔心。我腦中只想著「好了，繼續下一篇吧」。

——可是，當讀者想要抓住村上春樹這個作家的甚麼時，中等篇幅十幾二十萬字的作品中，堪稱有重大線索或者說重要的精神特質。

村上　嗯。或許吧。那個篇幅的小說成了一個分水嶺，成果的確會影響下一部長篇。所以我經常用艦隊做比喻，假設有大型戰艦，還有巡洋艦和驅逐艦，然後有更小的小艇或潛水艇，組成艦隊。最大的戰艦就等於是我的大長篇，但體積大自然也就行動不便。而短篇就是小艇，雖然活動靈巧，畢竟火力不足。這種時候，幸好還有體積正好介於兩者之間的船艦。

——不過，您的短篇也漸漸變長了呢。二〇一四年的《沒有女人的男人們》每篇各在三萬字前後，當然還在短篇的範圍，卻是較長的短篇，最近很少看到極短篇呢。以前有很多非常短的短篇。

村上　是啊，或許篇幅漸漸變長了。將來我想再寫短篇。

——寫《沒有女人的男人們》時呢？

村上　嗯，那個時候啊，是我想寫長篇的時候，寫著寫著想像就逐漸膨脹。想寫的東西很多，也有能力寫得更長更緊密了。這點很有趣。

——〈三個關於德國的幻想〉就是用三則簡短又詩意的故事構成，在您的作品中也算是很有實驗色彩的短篇小說（收錄於一九八四年出版的《螢・燒倉庫・及其他短篇》、中文版收錄於《螢火蟲》）。

村上　那是舊作。有段時期我喜歡寫那種感覺的文章，一方面也是因為雜誌媒體要的是那種短篇。現在我不再接受雜誌邀稿，基本上想寫多少就能寫多少，所以或許忍不住就越寫越長吧。但將來我還想寫短篇，如果那樣的時期來臨的話。

——這次的《刺殺騎士團長》，故事本身很長，關於細節，尤其是第一部，描寫得很細緻，也運用了轉譯手法，那種密度甚至能感到您「沒有甚麼不能用文章描寫」的那種意志。針對一個對象，非常有耐心地描寫。過去固然也是如此，但那種觀點，我感覺這次又稍有變化。

村上　我以前本來就比較不擅長描寫情景。

——早期的時候嗎？

村上　最早的時候。描寫對話或動作時還算順利，可是如果要減少動作，鉅細靡遺地詳細描寫細節，就會很頭痛。不過漸漸已克服了那個問題，現在或許是寫得太高興所以忍不住越寫越細（笑）。

——早期作品中，比起那樣的描寫，極小的犀利感或格言式的感覺的確更強烈呢。不過，您雖說不擅長，到了第三作《尋羊冒險記》的時候，風景描寫不是已經很厲害了嗎？

村上　會嗎？我沒特別感覺。

——例如去山間小屋時，走過遼闊草原的場景。我好像也親眼看到了白樺林。是甚麼時候能夠駕馭風景描寫或情景描寫了，您有自覺嗎？

村上　甚麼時候啊……好像是直到最近。不過風景描寫我從以前就不擅長，當然心理描寫更不擅長（笑）。

——這種時候，會有「這裡應該加入一段風景描寫比較好，但我討厭寫」的感覺嗎？

村上　有。小說自有本來的平衡感，所以「雖然討厭，雖然麻煩，這裡還是得寫點甚麼」。

——小說需要那樣的描寫。

村上　嗯。是的。所以寫《黑夜之後》時最明確，起初只寫對話，其間摘記簡單的動作說明。然後，最後全部寫完了，再把動作說明的部分打起精神做詳細的文章描寫。對我來說，那種寫法也是一種學習。

——只寫對話呢？很快樂吧？

村上　很快樂。那種部分可以寫得超快。我描寫風景時會打起精神相當綿密地修改，但對話部分幾乎都不修改，甚至可以說甚麼都不想。大抵上都能一次搞定。

——比方說如果光是對話的狀態會寫多少字？只有對話時篇幅大概有多長，加入敘述描寫的部分後篇幅會增加幾成？

村上　我忘了，加入風景描寫的話，文章當然會變長。不過，假設問我想不想寫只有對話構成的戲曲或劇本，我並不特別想寫。

——那是為什麼？

村上　我最愛的還是小說。有對話，有細節描寫，這二者有機結合，形成一個世界……我喜歡這樣的過程。寫起來雖然辛苦，但那或許是對我而言的最終形式。

——閱讀呢？我是說閱讀戲曲之類。

村上　閱讀倒是不討厭。大學時去電影戲劇系，看了很多戲曲和劇本。有段時間幾乎天天去早稻田的坪內逍遙紀念館的圖書室蒐羅老劇本。不看電影，只讀劇本，意外地有意思。因為可以自己肆意想像畫面，但自己寫就不行了。沒有敘述描寫的部分我會受不了。

——一口氣寫完只有對話和動作部分的《黑夜之後》，看著動作部分的註記，思忖接下來要加入敘述描寫部分時，覺得開心嗎？

村上　嗯，是啊。本來是湊合的動作部分漸漸形成自己固有的世界，那讓我很愉快。切實感到，自己果然是小說家。對了，《挪威的森林》被陳英雄導演拍成電影時，我也試著寫了幾段小插曲當劇本。

——啊，您自己寫嗎？

村上　看了他起初的劇本，我覺得有些地方「這裡還是這樣比較好吧」，於是試著修改那一幕，但陳導演好像還是不中意。他有他個人獨特的美學，而且本來就是頑固的男人（笑）。當然我立刻就縮手了。小說是我的，但電影是他的。

——原來還有那段經過啊。

村上　電影是綜合藝術。有演員，有導演，有編劇，有攝影機，有預算，是集合各種人力而成的藝術。我好像不適合那種。小說從頭到尾都是一個人就能完成，沒有比這更愉快的。

——是，含蓄地說，是超棒（笑）。

村上　嗯。總之，只要有桌子有紙筆就可以完成，所以再輕鬆不過了。也不會被人抱怨，隨便自己愛怎麼寫都行。寫出來的東西不管是褒是貶，不也都是自己一人接受嗎？那樣很乾淨磊落，我喜歡那樣。

——真的很適合您的個性。

村上　嗯，簡直是天職。即使長時間一直獨自寫作，也不會寂寞。

眞正尋求的，或許是男性吧

——距離上次訪談已過了二周左右，期間我又看了一次《刺殺騎士團長》，上次訪談印象深刻的，是免色先生與「我」之間，要不要把洞穴放著不管的對話，您說隱約感到情色的味道。那是寫完閱讀後，覺得「這裡好像有點那種氛圍」，還是邊寫邊這樣覺得？我是說那種氣氛。

村上　寫的時候，或許沒甚麼感覺。多半是事後才覺得「這麼說來，好像也不是完全沒有」。

——之前登場的男性人物彼此的關係，例如：出道之作的「我」和「鼠」的關係，例如：「木月」，「永澤先生」，「五反田君」，還有尼克型的敘事者，男人們的關係有很多種，但具體寫出男性之間的性愛的，是《多崎作》的「灰田」。

村上　灰田，嗯，是的。

——對，我想灰田是第一個。您以前也說過，您的小說中的性交，多半是當作某種儀式性、精神性的入口發揮作用。這時男性——男性對象終於出場！讓人很驚訝。對此，您也沒怎麼意識到？

村上　完全沒意識到，也沒覺得有甚麼不對。有甚麼狀況嗎？

——有啊。作在灰田的口中射精。

村上　有那段嗎？是在夢中？

——對，是夢吧，灰田來作的住處過夜，是眉清目秀的灰田。然後，就在灰田來過夜的那晚，作就作夢了。

村上　是夢吧。

——對，是作夢。和分別被稱為白妞與黑妞的女孩玩三P的夢。然後，最後射精時不知為何是射在灰田的口中。

村上　那種事我完全不記得了。

——我現在好像隱約觸及了村上先生的無意識（笑），總之就是有那麼一幕。過去都是女性人物在這種無意識的領域引導或扮演某種入口，這次第一次出現男性，於是讀者會想，這說不定是對著貌似自己影子的存在發洩。

村上　我完全不記得。所以，我想大概根本沒意識到。

——這個灰田，擁有中性的奇妙存在感。

村上　是啊。他在那本小說扮演奇妙的角色，或者該說，迄今我仍感到，那本小說的確需要他，需要灰田父子。灰田這個名字本身就若有所指。

——您的小說，第一次出現失去妻子，還有貓也是，總之失去某些東西。女性離開是當作一個主題嗎？

村上　嗯，或許有那種成分。

——把女人當作欠缺或喪失的象徵這我能理解，但對此，主角好像已經半是死心，將之視為那個世界的前提。我在想，主角真正尋求的好像不是女性，其實是男性吧。若說是好友，意味好像有點不同，或者該說是遇見真正自我的隱喻嗎……總之關於主角與男人的關係，雖未寫明，卻讓人感到主角的渴求。他尋求的靈魂伴侶該不會是男性吧？因此，主角懷抱的喪失感，或許也是一直針對男性？今天訪問您，讓我想到《大亨小傳》也有那個原型。

村上　《漫長的告別》或許也有這種傾向。那個人，叫甚麼來著的？和菲力普．馬羅結為朋友……

——那個喝雞尾酒琴蕾（gimlet）的人是吧。泰利．雷諾克斯。

村上　對對對。泰利．雷諾克斯。無論是尼克．卡拉威或菲力普．馬羅，尋求某種重要事物的對象，或許都是男性而非女性。想必是尋求自己缺少的那部分。

——自己缺少的部分？

村上　一如前面也提過的，自己過去可能是，但實際上並未變成那樣的另一個我。或許也可稱為「喪失的可能性」吧。那在原理上，或許多半是同性的面貌而非異性。

——被列入您人生三大小說的《大亨小傳》與《漫長的告別》，都是男人之間的故事呢。今天一開頭也提到，這種東西在您內在根深柢固，雖非一再炒冷飯，但作為某種格式，畢竟扎根很深。

村上　或許吧。不過，那和男性原理的成立有點不同。和「只有男人懂男人心」的美學也略有差異。對象就算是女的也不奇怪。只是，該怎麼說呢，要描寫那裡有的某種禁欲主義或原則，無論如何都是同性更容易描寫。葛莉絲．帕利（Grace Paley）的短篇世界多半都是以女性之間的友誼展開故事，男性幾乎被當成異物看待。我當然沒把女性視為異物，但不可否認的是，還是對男性更熟悉。

——首先資訊量就有壓倒性的差異。

村上　是啊。所以我寫免色先生這個人時，大致了解免色先生在想甚麼。雖然他是個充滿謎團的人物，但那為何會是謎團我大致上都知道。可是如果寫女人處於免色先生的立場，我想就不會那麼了解了。當然「不了解」也能成為故事的一大助力。

——那麼，寫神祕人物時，還是得在某種程度掌握那個人物神祕背後的真面目，否則就寫不好嗎？

村上 應該說，如果寫得不真實就不可能神祕。因為不是你想寫神祕就寫得出神祕。盡量寫得寫實，還能變得神祕，結果才會成為神祕造型的人物。

——首先必須掌握寫實。

村上 嗯。當然如果沒捕捉到某種程度的實像，也無法描寫人物。

——可是，您對免色先生的了解，沒必要全盤與讀者共享吧。

村上 免色先生有免色先生的前期歷史。小說出現的免色先生與我們打交道的時間，只不過是一年左右，在這一年之前當然有他的前期歷史，之後當然也會有他個人的後期歷史。在我寫作的過程中，內心漸漸確定這點，可以大致窺見他的個人史。但我向來的做法是，無法親眼看見的地方就不寫，我只寫此時此刻在眼前活動的免色先生。那個分際的取捨變得很重要。

費茲傑羅寫蓋茲比這個人物也非常有趣。故事的敘述者尼克．卡拉威顯然是費茲傑羅自己的投影，而且是相當誠實、實際的投影。但是當他寫蓋茲比時，他把作者自身的種種要素相當有企圖地或放大或縮小，或變形或加上裝飾，點綴那個人物造型。這二者的比較或組合很有趣。尼克這個更實際的模特兒，和更虛擬投影的蓋茲比糾纏在一起，讓那本小說的發展變得非常複雜、充滿魅力。

至於這次的主角「我」與免色先生，某種程度也可以這麼說，但我的小說中，免色先生沒有像費茲傑羅那樣膨脹得五彩繽紛，感覺比較低調。而且他也不是我本人的投影。因為他和蓋茲比不同，不是這個故事的主角。但對這個故事而言，他是非常重要的角色。

——您過去的小說中，類似免色先生這個位置的人物，要說有也算有吧。作為非常重要的人物。但是，還是略有不同。

村上　嗯，應該是相當不同。

——如果要找還是找得到共通點，但是該怎麼說呢，好像沒有定點。無論是免色先生自己，或他在小說內的地位。

村上　到頭來，過去出現的男性人物少有免色先生這樣的人物，和我的年齡問題也有某種程度的關係。我現在六十幾歲，過去的主角大致上都是三十幾歲。同時，也開始讓某個年紀的人作為配角出現。因為我自己實際經歷了那個年齡。

免色先生五十四歲。我也經歷過五十四歲這個年紀，所以自知那大概是怎麼回事，有切身感受。我就算在三十幾歲時寫五十幾歲的人，想必當時並不真的了解。某部分完全只能靠想像去寫。但自己親身經歷後，就可以毫不吃力地寫出來了。這或許是一大原因。

——剛才提到，想塑造神祕造型時，即使讀者不知道那是甚麼樣的人物，作者也確信知道人物的某些部分，是同樣的道理嗎？

村上　是的。所以，以前寫自己沒經歷過的事物，如今重讀，自己都感到還是缺了一點甚麼重要的東西。

——那不是因為這個人物是否真的像五、六十歲吧。如果想寫六十歲的人，只要收集六十歲的人的資訊，應該可以寫出六十歲，但那不代表真的寫出了他們。

村上　只要注意一些細節，寫實程度就會不同。自己親身經歷後，一邊塑造人物，一邊產生「這種細節派上用場了呢」的切實感受。有沒有這種細節，還是會出現微妙的差異。

——不過，村上先生，大家都有過童年，但是不見得所有的作家都能寫得出童年吧？

村上　那當然。

——您認為其中有何差異呢？

村上　前面也說過，我寫《卡夫卡》時，寫的是十五歲的少年，當時感到的，就是能夠讓記憶回溯到甚麼程度。記憶這種東西如果努力去拽，就能拽出來，就像從洞中拽出小動物。想必也有連這種努力都做不到的人，努力了也不成功的人，或者這種生物早已消失滅絕的人。但是小說家畢竟是靠想像工作，只能盡量努力，盡可能把記憶拽到明亮之處。

——而且，還得用只有自己才懂的感覺抓住那種質感，進而把那種個人的感覺，轉移至文字這個共通的管道，相當辛苦。

村上　那的確很困難。

——而且，還得與讀者的無知（innocence）產生共鳴，所以如果想寫和現在的自己有段差距的人物，往往需要不懈的努力。

村上　是啊。必須盡量讓造型更立體。

——不過，過去不只是五十四歲，您也寫過各種年齡的人物，但免色先生這個人物在故事中扮演的形象，好像是第一次出現。

村上　是啊，或許吧。

——就故事性看來，也不知他屬於甚麼，也看不出他屬於何種感情。所以，他的存在或許最貼近那個洞穴本身。免色先生好像在小說中無所不在呢。

村上　惡意與善意，熱情與灰心，向內的孤獨與向外的尋求，豐富與渴望，這些東西的區別，在他心中有點曖昧不清。所以，我寫免色先生時自己也覺得很有趣。興味盎然。因為我一開始也看不出這到底是甚麼樣的人。

——不知他在想甚麼，做過甚麼，剛才您說知道他有前期歷史與後期歷史，但還是不知他是甚麼樣的人。最後麻里惠躲在衣櫃的那一段，不知是免色先生本人還是甚麼的東西，不是就在衣櫃前面停住了嗎？那想必也是免色先生的一部分。

村上　嗯，應該是吧。我也不知道真相如何。

——如果免色先生的存在是善的，麻里惠應該可以從衣櫃出來。

村上　或許會那樣。

——嗯，我想應該可以出來。但是，免色先生的存在有某種因素讓麻里惠絕對不敢走出衣櫃。可是也沒有背負了小說整體的「惡」的感覺。

寫文章就是認識自我

——這次的《刺殺騎士團長》，一開始也談到，好像是在描寫過去沒有的「惡」，或者說惡的場所。雖是無從捉摸的「惡」，但您的小說從一開始就把它當作主題。我覺得這裡好像有種和過去完全不同的東西。最後出現東日本大地震，那種自然災害的呈現方式，雖然不算「惡」，卻也可稱為「惡」。不知該如何面對這種「惡」的感受，與小說全體瀰漫的不穩氛圍頗有共鳴。

村上　那個駕駛白色Subaru Forester的男人也是，他是何方神聖我也不清楚。附帶一提，關於Subaru Forester，有很多奇妙的故事……。

——甚麼樣的故事？

村上　小說出現的白色Subaru Forester後車門有備胎盒，上面印著「SUBARU FORESTER」的商標。我記得住在美國時，經常看見有那個車名標誌的備胎盒。Subaru Forester在美國是很受歡迎的車款。所以我就按照我的記憶這麼寫了，但新潮社的責任編輯一查，發現Subaru Forester這款車型根本沒有純正的備胎盒，好像沒有那種原廠裝備。

——真的是這樣啊。

村上　實際上根本沒有備胎盒。

——原來如此。

村上　換言之，有備胎盒的Subaru Forester實際上並不存在。我說「可是我在美國見過」，請編輯再詳細調查，但就算向美國的汽車業者打聽，好像也不存在那種原廠配備。

——所以您那時到底是看到了甚麼？

村上　那個標誌清清楚楚，就在我腦中。所以我以為當然存在，結果寫出來卻被人家說不存在。但是都已經全部寫完了，事到如今也不能消除（笑）。總之，我的小說中有附帶備胎盒的Subaru Forester，但在現實世界大概不存在。

——真有意思。

村上　嗯。畢竟小說是描寫不知有幾分真實的世界，我認為那樣也好，乾脆就那樣將錯就錯了（笑）。所以請不要去中古車行找有備胎盒的Subaru Forester，八成找不到。

——這個小插曲也好像象徵了甚麼。

村上　駕駛白色Subaru Forester的男人，就像貫穿整部音樂作品的不祥主導動機（leitmotiv），不時在故事中冒出頭。

——嗯，他的確無所不在。

村上　他是甚麼樣的存在，我也不知道。就小說而言當然知道，但無法說明。所以，比方說貌似免色先生的人影，站在麻里惠躲藏的衣櫃前不動，就小說而言可以理解，可是無法說明意義。我認為小說必須有這種要素。作者可以用小說、故事來說明它，卻無法說明意義。如果非要說明，那就不是小說了。關於這部分有許多評論家是圖解說意義。此舉有時成功，也有時不成功，當然那是評論家的自由，我無話可說，也不能評斷好壞。讀者也可自由思考。我只負責提供文本。

——您在回覆某次訪談時曾用「寫了又寫，好像還能寫很多，所以我的那個黑影自己也不懂」做結語。換言之，剛才您說的「無法說明意義」成為動力，讓自己絕對抓不住意義的東西在自己內心發動，所以寫出小說。

村上　當然會是這樣。

——那您寫完之後，是否有那麼一瞬間，會感到即便只是在某個時間點暫定的，也終於認識了自我呢？「認識自己」，是在何處，得到甚麼樣的認識呢？

村上　那很明確，就像剛才說的，就小說而言知道，但是無法說明意義。不過身為作者，小說不得不寫完那個部分。這個文章是有還是沒有好，寫到這裡，是否不要再寫下

去比較好……這些都必須做個取捨。做這些決定的舉動本身，就會讓你認識自己

——至少我是這樣感覺。文章是一種尖銳又微妙的工具。和刀子一樣，是點到為止還是狠狠捅一刀，有各種使用方法。距離感只有一紙之隔。如果能抓住那個，或許就能認識自己。比方說麻里惠……她是叫做麻里惠沒錯吧？

——是麻里惠，秋川麻里惠（笑）。

村上　她躲在衣櫃中，前面出現男人的黑影久久站著不動。那個描寫該寫到甚麼程度，就技巧而言相當難。這時麻里惠在想甚麼，該寫到甚麼程度，寫到哪就必須打住……這是非常微妙的決斷。要一條一條劃線。只能一次又一次重讀，推敲，反覆修改到滿意為止。知道劃線的正確分寸，換言之就等於認識自己有幾斤幾兩吧。

——重讀小說時會不會覺得，比方說這裡流露出自己內心的那個部分啦，寫這個是基於某種理由啦，就像在解析自己不知道的自己，一一去找答案……

村上　不會。

——是呈現在要把甚麼寫到甚麼程度的具體作業中。

村上　那個作業的精確度本身就是重要的量尺。所以那方面會修改到滿意為止。

——純粹是在文章的生成中已有自我的存在？

村上　最後那只能靠直覺。這裡不能寫，這裡非寫不可，這裡必須迅速帶過，這裡必須好好放慢腳步……總之要發揮直覺去雕琢文章。長篇小說中有很多這種關鍵部分，這種部分的作業最困難，當然也最有趣。

——聽來令人興味盎然。

村上　所以，再怎麼修改都不夠，到了某個地步，就會出現一條線告訴你不能再繼續改動。

——那不是技術上知道現在自己的能力只到這一步，而是要用這個形式，做到這個形式。

村上　當然每階段有每階段的侷限，這只能靠直覺了。直覺會告訴你這樣就好。這種直覺如果沒發揮作用，說不定會永遠修改下去，那也很麻煩。

——所以不管寫的內容是甚麼，都會碰上一些這種場面？

村上　這種困難的章節是有一些。比方說換個場面來舉例，「無臉男」不是讓他渡河嗎？那個部分也不簡單。

——是。

村上　船夫要對主角透露幾分，說到哪就不再往下說，他會採取甚麼態度，發生甚麼事，那個界線、該怎樣點到為止很難拿捏。碰上一些這種高難度的段落，要順利克服，把文章塞滿每個角落的作業很重要。

——從那個作業中漸漸看到自己。重複作業，得到正面面對的感覺，就是觸及自我嗎？

村上　可以這麼說。如果忘記一切全神貫注在文章上，就像陽光從厚重的雲層間灑落，瞬間可以俯瞰自己的意識情景。那只是一瞬間，也無法記憶究竟有些甚麼。但是那種俯瞰的感覺會留在腦海。

——那麼，您在那裡見到的自己，也無法說明囉？

村上　沒辦法。

——只存於那作業中，文章的生成中。

村上　文章比甚麼都重要，因為我們是透過文章看世界。盡量提升那種精確度，類似一種倫理。不過我上回也說過，文章純粹只是工具，不是最終目的。

——您在那裡邂逅自我，或者說認識自我的行為，無法替換成其他任何形式吧？

村上　無法替換。

——寫小說這個行為與自我，之前您雖已講過很多，但那只存於文章的生成中這個說法，倒是第一次聽您說。

村上　第一次？我怎麼覺得我每次都是這樣說。

——是第一次。我一直想請教您。您為了認識自己而寫作，但是，那個自己是甚麼？發現又是甚麼？在哪個階段發現那個……我很好奇您會怎麼說。

村上　說是發現，但首先，那絕非「這種事，以前完全不知道，這下子終於懂了」那種醒目的發現。不懂的其實還是不懂，只是誤差慢慢拉近。我做的，簡而言之就是這個。

——那是只有您自己才知道吧。因為幾乎是個人體驗。

村上　誰知道。或許就那麼幾分之一公釐的拉近，對別人來說幾乎毫無意義。但對我來說具有重大意義。所以我不太想看自己以前寫的文章，因為會在意那種精確度。當然小說不是光靠文章的精度成立，所以讀者不需太在意。可我自己耿耿於懷，絕對不會重讀。就跟不想重回年輕時代是同樣的心情。

——說到為了認識自己而寫作，往往會把「認識自己」套在已被用爛的「自我探索之旅」，但並非如此。琢磨文章這個行為中的一瞬，那種體驗，正是小說家的自我。小說家要認識自我，並非要寫自己，而是在於淬鍊文章的這個行為本身。

不讓讀者睡著的唯二法門

村上　那個先不談，我寫文章時的基本方針幾乎只有二個，這我說過嗎？

——沒有，您請說。

村上　我跟妳說，對我來說文章該怎麼寫的規範基本上只有二個。一個是高爾基的《在底層》中，不知是乞食賤民還是苦行僧的對話，其中一人說：「喂，我講的話，你有沒有在聽？」另一人回答：「我又不是聾子。」乞食賤民或聾子這些敏感字眼，現在大概已經不能公然使用，但以前還好。我是在學生時代看的，若是普通對話，「你沒聽見我說的話嗎？」「聽到了啦。」就結束了。但那樣沒有戲劇情節。如果回答「我又不是聾子」，對話就會生動起來。雖然單純，卻是很重要的基本，但有許多作家都做不到這點。我向來很在意這個。

——（笑）。

村上　還有一個就是比喻。錢德勒有個比喻：「對我來說失眠的夜晚就和胖郵差一樣罕有。」這我講過很多次了，如果說「對我來說失眠很少有」，讀者大概毫無感覺吧。就是視若尋常地瀏覽過去了。可是如果寫「對我來說失眠的夜晚就和胖郵差一樣少有」，讀者不是會驚奇嗎？會想「對喔，的確從未看過胖嘟嘟的郵差」。那就是生動的文章。由此產生反應。產生動態，「又不是聾子」和「胖郵差」，這二者成為我文章寫作方式的範本。只要抓住這個竅門，大概就能夠寫出好文章。

——聽起來好像在說「請大家務必一試」（笑）。

村上　總之，不能寫那種讓讀者簡單掃過的文章。雖然沒必要整篇文章都讓人驚艷，但每隔幾頁就得放進一點這種東西。否則很難吸引讀者。

——這二個做法是一開始就有？起初尚未自覺？

村上　一開始就這麼做了。不過，一開始還無法這麼順利。或許我不該講這種話，但是現在隨手翻開送來的文藝雜誌，很少看到這二種驚奇。也許是我打開的方式不對。

——會讓人驚豔的比喻或許的確不多見。

村上　我感覺意識到這點的寫作者非常少。或者是因為覺得「純文學不需要這種東西」？但文章真的非常重要。

——的確重要。

村上　如果沒有生動的文章，就無法成功表現出小說的趣味、架構的趣味、創意的趣味。

因為有生動的文章，才能推動那些。但許多作家把發想或創意擺在優先，文章放後面。先有意識，身體才隨後跟上。

——不是二者同時嗎？

村上 不，就我的感覺，不是同時，必須先有文章。由它引出很多東西。

——只看一小段內容就知道「是某某人的文章」，這固然重要，但文章本身如果缺乏魅力就不用談其他了。

村上 的確。就和船鼻必須裝在船的最前面一樣。內容固然重要，但每個人起碼都擁有足以談論的內容。要如何引出，那首先是重要任務。

——文章的魅力，當然也要看和讀者合不合得來。我覺得很無趣、完全不行的文章，當然也有人看了感動得為之震動，也有些作品或許缺乏文章的理念，但還是好文章。讀者寄到《村上先生的所在》網站的電子郵件中，對於「想把文章寫好，該怎麼辦」這個問題，您回答「那個某種程度上是天生的，所以，總之請加油」讓我印象相當深刻（笑）。那果然近似天賦體能？

村上 類似唱歌。有人不是天生就是音痴嗎？

——的確有。

村上　老實說，我也不會唱歌。

——啊，真的？（笑）

村上　關於音樂，作為聽眾我可以聽得相當精闢入微，可是叫我自己唱，我就完全沒轍了。雖然明確意識到該怎樣唱歌，可是實際發出的聲音，和想像中截然不同（笑）。自己都很傻眼。

——那麼，假設有個人想寫小說，閱讀自己很喜歡的文章。然後，即便這人也想寫出這樣的文章，還是絕對無法模仿？如果是不會寫文章的人。

村上　大概吧。奧森·威爾斯的電影《大國民》中，從義大利請來的聲樂教師，對立志當歌手的凱恩之妻失去耐心，說道：「世上分為二種人，會唱歌的，和不會唱的（Some people can sing, some can't.）。」這是很有名的台詞，或許對於文章，也同樣可以這麼說。

不過，起初我也認為自己不會寫喔。之後靠著努力，一點一滴終於可以寫很多東西了，是階段性發展出來的。

教授生活方式很難，寫作方式亦然

——村上先生，您常說「起初我不會寫」。那是否也像剛才提到的唱歌一樣，腦中有個明確的想法知道「自己想寫的是這樣」，可是離那個目標太遙遠？

村上　相距甚遠。我對當時的編輯說「我還不大會寫文章」，結果對方說：「村上先生，不要緊。大家都是一邊領稿費一邊慢慢進步的。」那樣說的確也沒錯啦（笑）。

——村上先生，您每次都說自己起初不會寫，但我個人不太理解耶，您明明就寫出來了（笑）。

村上　能寫的就盡量寫出來，倒也還算順利發揮作用。但那和我真正想寫的還是有點不同。能夠把自己想寫的在某種程度寫出來，是更後面的事了。不過該怎麼說……打從出道起，我好像就已頗受矚目。

——哎，本來就是嘛。不過當時的我才三歲（笑）……。

村上　三歲！我本來還沒注意，我們年紀差很多呢。

——您出道是一九七九年吧。我是七六年生的，所以當時三歲。當然不知道當時的實際狀況。不過，如果問比我大十五歲以上的人，肯定會說您打從一開始就已是風雲人物。

村上　好像是有那種感覺。

——您本人不覺得？

村上　我對那種事幾乎完全無感。起初我還一邊開店一邊寫作，所以非常忙，基本上我是個普通人，而且開店做生意也得一直對人低頭哈腰。

——這樣啊。

村上　嗯。所以，我完全沒感覺。結果，「自己明明沒寫甚麼了不得的東西，為何如此受注目」的疑問反而先產生。

——但是編輯在某種程度上應該會把讀者的反映告訴您吧？比方說「書賣得很好喔」或者「有人寫了這樣的書評喔」之類的。

村上　嗯……誰知道。那時我還是認為開店才是我的正職。

——總之，我經常聽說，您一出道就讓年輕讀者很興奮。現在五十幾歲的人當中，應該有很多人當時強烈感到「來了，我們的時代來臨了」。

村上　我自己倒是沒甚麼感覺，頂多只想過寫這種東西真的可以嗎。

——那種感覺從何而來？

村上　當時有中上健次，有村上龍，文藝中心有這樣的主流力量，而我算是支流，是配角，感覺比較像是「隨你自己高興就好」。或許受到某種程度的注目，相對的，反彈也很強。當時我不太想和那些扯上關係，所以盡量不去看周遭。打從當時，我就沒參與過文壇的相關場合。況且店裡的生意都忙不過來了。

——當時您不只得到新人獎還掀起一大話題，可您自己原來是這種感覺啊。

村上　我在想，日本文壇好像對文體很少思考，或者說，沒有給予評價。

——很難講。就算有文藝雜誌給予評價，那上面討論的文體，和您想的文體，恐怕也有一些出入。看到那篇文章的時候我就在想，村上先生翻閱文藝雜誌肯定覺得無聊吧。

村上　這種東西只要看個幾頁當然就知道。不過有時，偶爾也會有「啊，這個不壞」的作品。

——該怎麼說……文壇還是傾向於肯定那種「純文學風格」的文體。

村上　我覺得好像很少有人正面討論文體，說來不可思議。

——日本有很多翻譯文學，所以漸漸較有機會接觸所謂的翻譯文體、不會感到日本文學濕度的文章，也出現用那種文體寫作的年輕作家。不過，如此一來，或許也會被批評內容太輕浮、沒寫出人性。

村上　要寫人性相當困難（笑）。

——二〇一五年福島舉辦文學工作坊時，您曾來看了一下我的創作班。當時只對學員提出一個意見：耳朵聽不懂的字眼，使用的時候必須慎重。可是看新人獎的稿子，大家好像還是會不自覺地使用艱深字眼。無論作為文字或發音，都沒有讓人留下印象。

村上　嗯，文字的發音很重要。具體的物理性聲音，就算沒出聲，用眼睛看了也必須有聲響。

——主題和內容姑且不論，總之文章——節奏引人繼續看下去的體驗仔細想想或許不多。那可能也要看性子合不合。

村上　作家如果不能用眼睛聽見聲響就不行。寫文章，重讀，不是出聲朗讀，是用眼睛去感受聲響，這非常重要。所以我總是說「從音樂學習文章的寫法」，那是真的，用眼睛看，去感受那個聲響，訂正聲響，讓它發出更美妙的聲響。我很重視這個。逗點和句點不也是節奏嗎？那個也很重要。

——琢磨文字時仰賴的感覺，說不定也和天賦有關。

村上　反正別人的文章我絕對不動（笑）。

——這話怎麼說？

村上　換言之，看了別人的文章，哪怕別人拜託我修改，我也不會去改動。因為我的文章純屬我個人的成果，不能輕易用那個當尺度去修改別人的文章。因為只要改動一個地方，很可能就會全部改動。

——那麼，您會給對方「這裡最好再補上這個」或「這裡再寫詳細一點比較好」這樣的建議嗎？

村上　若是大略的架構，我還可以說這個部分最好再縮小一點，這裡部分可以再膨脹一點。但是細微的文章問題我大概不會說。因為只要改一個地方，真的可能得全盤修改。當然也要看對象啦，對方是職業作家還是素人，也會有所差異。

——就好像優秀的棒球選手無法傳授打法，鈴木一朗也可能不適合當教練。姿勢無法傳授。

村上　比方說看了別人的小說，故事裡出現這樣的人物，就算那個人物設定我怎麼看怎麼納悶，那也只是我個人無法接受，但對作者本人，或對某種讀者而言，或許是有意義的，這麼一想就再也無話可說。所以，我無法給出甚麼好建議。當然我可以說出我的意見，但要具體給建議很困難。就好像生存方式無法傳授，要傳授寫作方式也很難。

——我認為這是您的優點之一，基本上無論任何作家的任何文本，您對寫出來的東西基本上都抱有敬意。

村上　當然也有無法尊敬的（笑）。

——有是有啦（笑）。不過，您是否認為在某種因緣際會下產生的文章，相對的也會擁有某種價值？您堅持不擔任文學獎評審，我猜或許也和這個想法有關。

村上　嗯……是啊。別人的事，我無法判斷。比方說剛才講的翻閱文藝雜誌，我可以判斷能不能看得下去，但是它的好壞，我無法判斷。至於小說本身優不優秀，多半場合我也不大了解。即便過去被視為古典，大家都說好的作品，也有很多我認為很無趣。例如：夏目漱石號稱名作的《心》，在我看來就很無趣。饒是如此，也不代表那個作品毫無意義和價值。那充其量只是我個人的感覺。關於自己的文章，我說得出好壞，但是別人寫的東西，坦白講，我無法明確說出。

——這種心情想必大家都有，但是為了選拔新人還是得有人來當評審。光是評斷別人的作品就很累了，同時自己也要受到評斷，所以真的很累。這種事做久了，有時會忽然不可思議地想，對自己作品的客觀眼光又是怎麼成立的呢？這當然是引以自戒，不過能夠冷靜判斷自己的作品一如判斷他人作品的人，恐怕不多吧。

村上　嗯……但我認為，不管是誰，只要花時間閱讀，某種程度上應該都可以正確判斷自己的作品，只要好好用點時間的話。問題是，許多人都有交稿期限，是被人催著寫，所以無法耗費時間慢慢閱讀自己的作品、詳細推敲。當然我也不是很了解啦。

——所以，您才會一再重申騰出時間寫作對作家有多麼重要。

文體就是心靈之窗

村上　前面也說過，寫小說是一種信用交易，一旦失去信用就很難挽回。必須耗費時間去建立「若是這個人寫的東西，不妨掏錢買來看看」的信用，也得把那信用維持下去。為此，仔細琢磨文章很重要。就像擦皮鞋、燙襯衫、磨刀子一樣。

——是。

村上　對我來說文章堪稱最重要，但在日本的「純文學」，文體好像頂多只能排到第三、第四。基本上是主題優先主義，先關注主題云云，然後再評價各種觀念性要素，比方說心理描寫或人格設定，文體是更後面的問題。但我不以為然，如果文體不能自在揮灑，恐怕不會有任何成果。

——若要肯定文體的「好處」，除非大家都能體會那個好處否則會很困難。如果是整體結構或主題，還可以說服對方，但文體的好壞多半是憑感覺，光靠那點去評斷的確有點不利。當然，文體本身必然也有結構，問題是少有機會議論到那麼深。

村上　不過就算這樣，也沒必要刻意對明顯的劣作高度評價吧（笑）。說到文體的評價，日本近代文學史中，我認為夏目漱石還是扮演了一大主軸。他的作品雖非一律獲得高度評價，但他確立的文體，之後一直屹立不搖。雖有志賀直哉，有谷崎潤一郎，有川端康成，某種程度上有新文學的提案，當然也出現了幾個貌似異類的人物，但是並未看到足以動搖夏目漱石文體的突出人物。我認為那或許是個問題。觀念性、思想性的東西總是更受注目，文體向來就順位而言好像都被放在後面。或者在「純文學」這個框架中，好像一直被加上奇妙的偏見。

——按照那個趨勢，女作家出現時的評價，反而往往都是被批評文體。

村上　噢？這樣啊。這我倒沒注意。

——像我也是被批評文體的問題。我的小說《乳與卵》好像就只有文體被批評。

村上　那篇也只有文體可以說。

——（笑）。

村上　當然我是指好的意味。對於《乳與卵》這篇小說，坦白講我認為文體就是一切，而且出色地達成了。這是普通人絕對做不到的。不過這麼說，好像不太會被當成讚美？

——如果是批評我採用這種文體的意義或文章的構造，我當然很高興對方肯認真討論我的作品，但是針對身體性的意味還是大多數，也就是針對女性的身體。這樣就變得有點複雜了，會覺得「這是和我們男人無關的領域，所以可以肯定妳」。

村上　原來如此。我倒不這麼想。文體的質感不分男女，只有好壞之分。但我能夠理解妳的意思。

——直到不久之前還有「切開就會流血」或「用子宮寫作」這種講了等於白講的搞笑評論，如今換個形式後依然殘留。他們說這是因為作者是女人才寫得出來，完全把我看扁了。寫作應該是技術性、理性的行為吧，可是那好像基本上是女性無法適用的能力。我可沒看過「只有男性才寫得出來」這種評語。所以我心想不能再因為同樣的問題被讚美，下一篇作品就改變了文章。

村上　這樣啊。我倒認為妳用不著想那麼多。

——對女作家的評價，是多層的，往往牽涉到兩三種偏見。我最近也被揶揄是「靠臉吃飯的女流作家」，可是同樣玩音樂出身的男作家就沒有人說他是「靠臉吃飯的男流作家」，也不可能會被這麼說。發言者說這麼失禮的話還不覺羞恥，就是因為我是女人。基本上甚麼叫做女流？把自己當成無須自覺理當存在的鞏固大地，把女人當成流過其間的小溪流的這種意識依然存在。

村上　這樣啊。

——撇開那個不談——如您所說，所謂王道、男性中心的藝文評價，依然存在著「文學當然是處理主題最重要」的想法呢。重點在能夠運用頭腦寫出幾分，是否能夠更上一層樓。非常在意這方面。就此意義而言，主題和構造還是變得重要。

村上　的確。那或許是一種男性原理。

——用頭腦這我很贊成，批評性也的確重要。但是，適用於男作家的應該也適用於女作家，反之亦然。

村上　說到這裡，好像很少看到男作家因為文體被讚美。

——很少，但還是有，也受到高度評價，但那些人的小說文體，很少成為現代批評的對象，或許只在研究者階層被鄭重討論。

就這點而言，您則是壓倒性受到批評、評論的作家，也會意識到構造，大家一起開始解謎（笑）。說到這裡，您得到群像新人獎時，吉行淳之介先生和丸谷才一先生還誇獎過您的文體呢，說是擁有新文體的作家出現了。文體和禁得起分析的構造二者兼具，畢竟是鳳毛麟角。

村上　有這回事嗎？吉行先生和丸谷先生的作品的確都和文壇主流稍有距離，是比較注重風格（文體）的作家。如果換個評審，或許我當時就拿不到新人獎了。

英文有句話「Style is an index of the mind.」，譯成「文體是心靈之窗」。Index的意思是「指標」。既然有這樣的說法，可見至少在歐美，文體具有很重要的意義。

——文體是心靈之窗。

村上　文體讓人覺得厲害的，當然還是沙林傑。沙林傑在《麥田捕手》展現了壓倒性的文體力量，讓人們，尤其是年輕人，名符其實被擊倒。但他之後就封印了那種文體。

就像妳封印了《乳與卵》的那種文體。同一招絕對不再使用。

——那本書真的是獨樹一格。

村上　嗯。接著他寫了《法蘭妮與卓依》，那篇作品的文體和《麥田捕手》全然不同。《法蘭妮與卓依》的厲害，在於他徹底拋棄了《麥田捕手》的風格，堪稱是特地為那篇小說量身打造新的文體。幾乎完全不再沿用過去的文體。那首先就得付出驚人的勞動量。

——對，當然本質還在，但即便讀日文版也知道截然不同。

村上　「法蘭妮」的部分有都會速寫的意趣，多少還留有他過去《紐約客》風格的筆觸，但是到了後半「卓依」的部分，頓時轉為嶄新的文體。讓人不禁倒抽一口冷氣，驚嘆他能從零開始，建立如此規模。完全沒有和《麥田捕手》相通之處，對吧？就風格，文體而言。可惜《紐約客》的編輯無法接受那種文體，所以遭到強烈反彈。我在高中或大學時閱讀翻譯的「卓依」時，還沒那麼強烈的感覺，等到自己親自翻譯，一再重讀英文原文，不由感嘆「真是太厲害了」。如此驚人文體的創造簡直前所未見，可見他對文體非常在意。Style conscious。

——沙林傑的《哈普渥茲一六，一九二四》是他最後一部作品吧。那已經讓人不知該從何讀起。

村上　嗯，老實說，那本的確看不下去。只能說，文體好像走向奇妙的方向。當然這只不過是我個人的意見。

——那篇故事的設定是以六、七歲的西摩亞為敘述者，而且簡直像是邊寫邊被破壞。

村上　撇開沙林傑不談，回到妳的《乳與卵》，那個文體已經封印了。我是覺得有點可惜。

——如果作品需要，也許還會再使用。除了前面的理由，早期也有想嘗試各種挑戰的想法……然後，接著我就寫了《Heaven》這篇小說。

村上　嗯。又換了一個完全不同的文體。

——《Heaven》是我第三本小說，當時我意識到的是您的第三作《尋羊冒險記》，不是內容，而是那種存在方式。導入了構造，您在這部作品有了驚人的飛躍。所以我也立下目標絕對要在第三作——當然不敢說做到《尋羊冒險記》那種成績，但您既然改變了，那我也非改變不可。因為我出道的年紀和您一樣。

村上　啊，出道時的年紀啊。

——對，同樣都是三十歲。不知您有沒有這樣在意的人物。會意識到「啊，這個人，在幾歲的時候做到了這件事」。

村上　我想不出這樣的對象。我只記得費茲傑羅死於四十四歲，杜斯妥也夫斯基死於六十歲。我沒想過自己會比杜斯妥也夫斯基活得更久而且還在寫小說。看照片的話，他就是個老頭子。嗯……我竟然已經比他還老了。

——比杜斯妥也夫斯基還老，的確很衝擊，不過時代也不一樣（笑）。撇開那個不談，剛才講到結構，您除了文體也說「構造很重要」。關於構造，能否再多說一點？

村上　關於構造，剛開始寫的時候幾乎毫無意識。或者該說，那是理所當然非常自然，本來就必須在自己心中的東西。就像每個人都擁有自己固有的骨骼。

——構造也不是創造出來的？

村上　若問這種形式從何產生，主要是來自自己以前讀過的小說，以及寫過的小說。而且不證自明，早已在自己心中。所以，關於那方面不用特地再去思考。該思考的，首先是文體，以及文體導出的故事。

——談論或閱讀「structure」時，我們譯成「構造」，但構造的意義有時會因前後文脈差異很大。有「這裡寫的文本內容具有這樣的構造」這種用法，或者也有人是以「故事的構成」這個意思來使用構造這個名詞。您是以甚麼感覺使用構造這個名詞呢？關於構造本身，構造是甚麼，我想再進一步請教。

村上　嗯……寫到某種程度，比方說第一稿完成了，這時自然可以看見小說的構造。在無形的透明骨架不斷添上血肉後，結果就看見了骨架的整體面貌。或許近似這種感覺吧。至於調整骨骼最後面貌的作業，到了某個階段或許也有其必要。

——那麼，感覺上，是把早已內含的構造，自第一稿以後逐漸著手塑形嗎？或者該說是被埋沒的構造？

村上　就和畫家在畫布作畫一樣。畫布有邊緣，大家都是在邊緣內側畫，無法畫到邊緣之外。但畫家並不覺得不自由，從沒想過一定要有廣大無邊的畫布才叫自由。只要在腦中設定一個尺寸的畫布，便可在其中形成一個世界。同樣的道理，小說也大抵可以看見邊緣在何處。否則就會發生都已經寫了幾十萬字還沒描寫透澈的情況。所以，寫到某種程度後自然會看見構造。上端到這裡，下端到這裡，左右兩邊到這裡。所以關於構造或骨骼，沒必要抱著手臂那樣嚴肅思考。自然就會被決定。

——過去累積的讀書體驗中有構造的積蓄，所以自然出現，藉由整個作品讓架構更清晰吧？我認為那和您一直從事翻譯也有很大的關係。翻譯這項作業，不只觸及整體構造，也一直在接觸文章的構造。

拉著手，把自己帶往某處的存在

——話說回來，這次的小說出現多位女性。繪畫教室的學生也是女的。

村上　妳是說人妻女友吧。

——是人妻。另外還有只在賓館發生一次關係的女人，還有秋川笙子，最重要的是有秋川麻里惠，但是聽您說了半天，我發現書中人物都是根據名字的想像被召喚而來，或是來自文章擁有的運動性。那麼，女性人物也是自然出現，而非經過「故事的發展中需要這種人，退後審視時要保持平衡」這種事先計算而來嗎？

村上　是自然出現的。比方說：秋川笙子這個人，我覺得需要，於是開始寫她，但實際書寫之前我也不清楚她到底是甚麼樣的人。可是寫著寫著，漸漸就看出「啊，她是這種感覺」。比方說穿著淺藍色連身裙，搭配灰色開襟針織衫之類的。這種服裝搭配黑色漆皮手提包，可見她應該是家世良好的大家閨秀。漸漸就出現人物具體的形貌，但一開始並不知道。

——比方說「我」，和繪畫教室的二個已婚學生發生關係。這可以是一個人，也可以是三個人，為什麼偏偏是二個人？這個也是瞬間就決定了？

村上　就決定了。一個不行，三個太多（笑）。要描寫三個對象太累了，有點囉嗦。但如果只有一個對象，那個人的存在感會變得過大，所以就人數而言，二個比較好吧。主要是出於實際性的考量。

——這次不管怎麼說，麻里惠都扮演了重要角色，論及您以少女、小女孩為主角的作品，〈發條鳥和星期二的女人們〉的笠原May是第一個（收錄於一九八六年出版的《麵包店再襲擊》）。

村上　《舞．舞．舞》的雪呢？

——短篇的話〈發條鳥和星期二的女人們〉是第一個，長篇的話第一次出現是《舞．舞．舞》的雪。

村上　啊，對喔，先有短篇的版本。

——對，後來寫成《發條鳥年代記》的短篇〈發條鳥和星期二的女人們〉發表於一九八六年，所以是先有這篇，是您第一次以小女孩為主要小說人物。今天前半段的訪談中，您說對您而言女性很遙遠，至於少女，恐怕就更遙遠了吧？

村上　就那個意味而言或許很遙遠。

——是遙遠的存在吧。笠原的年齡微妙，但總之第一次寫少女的感覺，您還記得甚麼嗎？

村上　不，存在本身雖遙遠，但是寫起來並不覺得特別難，說不定比描寫成年女性更簡單。因為不用描寫自我方面的麻煩心態。

——〈發條鳥和星期二的女人們〉出現了三個女性對吧，分別是妻子、笠原May、電話的女人，有這三個女人出現。之前訪談時，您曾說是基於想寫巷子的心情開始動筆。

村上　對對對。我喜歡巷子，很想詳細描寫巷道。小說大致就從那開始，從巷道的具體描寫開始。那是以我的友人夫妻以前住在世田谷區的小房子為藍本。有個很小的院子，有一棵樹，後面有巷子。但我不知道那是不是死巷。

——巷子的描寫我記得很清楚，雨打花瓣黏在桌面。我想那是您第一次寫小女孩，怎麼樣，有那種寫出來了的達成感嗎？

村上　感覺非常自然就寫出來了，不用想太多就能自然地流暢下筆。因為那個主角和少女之間不存在性愛的感情。這點或許比較輕鬆。

——沒有性愛的感情比較輕鬆？

村上　性愛的感情當然沒有，卻有點性感的味道。該怎麼說呢，是那種遺傳基因的形成本就截然不同的直觀性感覺。那種心態，自然滲入自己內心。笠原May幾歲來著？

——十六歲。拒絕上學的高一生。她講話非常有意思。您記得嗎？

村上　那個年紀的女孩，有些人擁有異常敏銳的感覺，而且意識與無意識的界線尚不分明。所以那種敏銳格外顯眼。

——那和寫少年人物的感覺截然不同？

村上　完全不同。無論肉體或精神上，尤其是那個年代的男孩與女孩，有決定性的不同。

——假設要寫少年，是不是一定得從比較腳踏實地的狀態寫起？

村上　嗯，是的。或許還是得先稍微說明一下成長過程，不是我要說，男人基本上都是笨蛋，幾乎甚麼也不想。我也曾是男孩，所以非常清楚。腦中只有愚蠢的念頭（笑）。不過現在也差不多就是了。

——比方說最近您翻譯了卡森．麥卡勒斯（Carson McCullers）的《婚禮的成員》這種女作家以少女期的觀點描寫的作品，從這種翻譯工作，是否也能感到少女的敏銳，或者說某種虛無感、十幾歲尚未定型的自我認同……

村上　如果是女作家來描寫秋川麻里惠或笠原May，大概會用全然不同的寫法。可能會更具體地呈現出那種生猛。翻譯卡森．麥卡勒斯的小說，讓我強烈感到這點。我覺得我實在無法那樣寫少女。像我這種男作家描寫少女，一定會變得充滿象徵性，無論好壞。我可以講點私事嗎？

——當然。

村上　我中學或小學高年級時，說來很不可思議，有段被女孩子拉手的回憶。就是女孩子突然過來，拉起我的手，把我帶去某處。

——那是誰？同班同學？

村上　是我班上的女同學。

——並沒有在交往或暗戀？

村上　不是，那女孩還滿可愛的。就是像要叫我去哪似的拉著我的手，把我帶去某處。我想大概是找我有事，可我不大記得到底是甚麼事了。這種情形好像有兩三次。

——兩三次。實際發生過啊。

村上　很不可思議吧。我這人，完全沒有走桃花運或受到不特定多數女生歡迎的經驗。不是我自豪，還真沒有。唯獨這種被某個女孩拉著手帶去某處的記憶，印象特別深刻。

——這是一則佳話。

村上　一點也不是佳話（笑）。因為就此沒有下文。

——這是有助於理解您的小說的重要故事，就這個意義而言，當然是佳話。所以說，您已經不記得前後經過，只有被女孩拉著手的感覺還殘留。那種感覺舒服嗎？是愉快還是不快？

村上　應該還算好吧，因為迄今還記得那女孩小手的觸感。當然這不是甚麼了不起的體驗。

——不，這是重要體驗喔。做為女性存在的原型，讓您留下被導引的體驗。所以，女人一方面是理解的對象，但在寫作的階段，在您心中基本上有這樣的角色存在。

村上　被妳這麼一說，女孩突然出現，拉著我的手把我帶去某處的感覺，或許還留在我心中。這種感覺成了一種原體驗。

女性是否過度扮演「性」的角色

——我想談一下麻里惠。她似乎很在意胸部的大小，對身體的自我意識非常急切。過去在您小說中的女孩，比方說雪或May，我也在她們身上感到各自的獨特魅力。比方說：笠原May，有一幕要解釋「像一團屍骸般的東西」，用「像壘球一樣鈍重，柔軟……」來形容。雖讓主角閉眼說話，但少女身上——比方說：「傷人，與傷己」或「人死了，和自己死了」的不明瞭，很多地方都值得劃線的那種無奈，被您用精采的筆觸勾勒出來了。那本身，就讓人清晰感到少女這種生物，是我非常喜歡的部分。不過，這些女孩好像都很少提及胸部大小這種身體上的問題。但這次的麻里惠不同……

村上　她非常在意，好像成了一種目標。

——對，她非常在意，您不覺得那還滿誇張的嗎？面對第一次見面的「我」，在無人的瞬間，劈頭就說「我的胸部很小吧？」這種話，我是非常驚訝啦。她對胸部有目標這種點子，是從哪得來的？

村上　並沒有特別得到甚麼靈感，但這種女孩子應該很常見吧。

——比方說和「我」的人格特質之間的落差……這時麻里惠提起胸部，「我」該如何反應，會這樣想過嗎？

村上　是啊。不過反過來說，她對「我」說出胸部大小的苦惱，其實是因為並未意識到他是男人吧，沒把他當成性對象。所以，二人的溝通，反而是更內在、更思想性的要素占了上風。或者該說，她向「我」尋求的是這種關係，她大概一直在找擁有這種關係的對象。畢竟正常情況下，不管怎麼說，都不可能對有可能成為性對象的人說出自己胸部沒發育啦、乳頭很小這種話。

——原來如此，這樣啊。我感到的是相反的可能性。換言之，我本來覺得麻里惠的發言是刻意讓對方更意識到自己的性特徵，但您好像是要從二人的關係中排除性的氛圍，強化思想的要素。

村上　嗯。所以，就這個角度而言，「我」和麻里惠的交流，就小說而言，是當作敘述的一個主軸發揮作用。他們的對話可以賦予故事不同的觀點。

——所以那個對話的描寫，可以感受到「我」這個人物的人品——雖然實際上當然沒有任何讀者見過「我」。

村上　是啊。他是一個可以讓十二歲小女孩安心談論胸部的對象，他有這種特質。

——那麼，我想請教一下您的小說中的「女性」，談論您的小說時，話題之一往往是您對女人的寫法、女人具備的角色。

例如，我就經常被姊妹淘問起：「妳那麼喜歡村上春樹作品，這方面，是怎麼妥協的？」因為她們認為您的小說出現的女性，有些讓人卻步。和男女關係無關，有人就是會感到抗拒。

村上　真的？是怎樣抗拒？

——那不只是「能否寫出生猛、寫實的性」這個意味。比方說，在剛才的對話中，女性被當成巫女、扮演巫女的角色……

村上　拉著我的手引領我去某處的那段是吧。

——對。將主角異化。女性往往被描寫成讓主角異化的入口或契機。

村上　嗯，或許是有那種因素在。

——主角被異化時，用性交當作通往非日常世界的管道，當主角被設定為異性戀時，讓女性扮演性交的角色某種程度上也是莫可奈何。但就某一面看來，也有很多讀者感到女人總是以這種形式「被過度賦予『性』的角色」。這點我很想請教一下。

村上　我不大明白，意思是超乎必要以上的角色？

——換句話說，女人往往變成只是用來扮演性的角色。您對於故事、男性或井這些人事物投注了相當大的想像力，可是在和女人的關係上卻沒有發揮。女人無法單純作為女人自身存在。無論女人是主角，還是配角，我想都可以秉持所謂的主體性發展自我實現的故事情節，可是女人好像每次總是成了男性主角的犧牲品。讀者疑惑的是為何在您的小說中，女性多半扮演那種角色。

村上　原來如此，嗯。

——對此，您是怎麼想的？

村上　可是，或許不該這麼說，但我覺得我對所有的書中人物，其實都沒有寫得那麼深入。不管是男是女，那個人物如何與世界打交道，換言之，那個inter-face（接口）成了主要問題，至於人物存在本身的意義或分量、方向性云云，這些東西我反而刻意避免著墨太多。之前我也說過，我盡量不去碰自我性的東西。無論是男是女。

——嗯。

村上　只有《1Q84》好像是我到目前為止最直接與女性人物面對面的故事。青豆對天吾非常重要，天吾對青豆也非常重要，但二人遲遲無法碰面。即便如此，還是互相朝著對方的方向繼續進行故事。二人一組扮演了主角的角色，直到最後的最後二人終於見面，並且合為一體。性交真的是直到最後才出現。在這方面，青豆與天吾就某種角度而言，在小說中是平等地面對面，對等地創造故事。

——長篇小說中要和甚麼巨大的存在對抗時，例如：《發條鳥》的岡田亨與久美子對抗綿谷昇，《1Q84》的青豆與天吾對抗某種巨大的惡。二者的共通點，就是男性扮演的角色都是在無意識的領域戰鬥。

村上　被妳這麼一說，或許是吧。嗯……和一般男女關係的角色顛倒嗎？我是不太清楚啦，就女性主義的觀點看來是怎樣？

——這是常見的看法之一，男性在無意識的世界戰鬥，但在現實世界戰鬥的是女性。例如《發條鳥》中，拔除維持生命裝置的管子殺死現實中的綿谷昇，下手予以制裁的是久美子。《1Q84》也是，實際殺死領導的是青豆。當然沒必要把所有小說都以女性主觀的角度去閱讀，小說也不是一味追求正確，但如果刻意用女性主義的觀點閱讀，可能會感到「是喔，這次又是女性為了男性的自我實現而流血犧牲嗎」。現實世界的許多女性，只因為身為女性就遭遇不愉快的經歷。比方說，即使受到性侵害也會被指責是自己太大意給男人可趁之機。這已經是在指控女性擁有女性的身體所以就有錯，等於是否定了女性的存在本身。當然也有女性可能從未這麼想過，但那種情況下，也有可能是已經被體制完全內面化，但自己卻無法察覺。所以，看到小說中的女性為了滿足男性的自我實現或欲求而犧牲的架構圖，的確會很受不了。

村上　嗯……這樣的架構圖，應該只是湊巧吧，至少我自己並未特別意識到這點。或許只是無意識地偶然變成這樣的故事。不是我要辯解，但我寫的並不只是這種被切割的圖式喔。比方說，《挪威的森林》中，直子與綠各自努力活在意識下的世界與意識上的世界。主角「我」被二者強烈吸引，而且幾乎分裂。另外，《黑夜之後》也幾乎是按照女性們的意志發展故事的世界。所以，絕對不是只把女性人物邊緣化地設定為性的「帶路人」。就算忘記故事本身，她們迄今仍活在我心中。比方說，《挪威的森林》的玲子啦，初美啦，至今想起她們還是會有點心口發熱。我不只是在小說中利用她們，狀況會根據每個作品分別變化。這不是藉口，是我真切感受到的。

——我懂。身為寫作者，我想我也共享了那種切實感受。同時，也能理解讀者那種解讀方式。

這個話題對我非常重要，在您心中，有超乎性愛之上，或者與之無關地把故事本身導向不同地方的女性存在。

村上　嗯，我向來感到，女性絕對具有和男性不同的機能。這樣說或許很平凡，但我們就是相輔相成而共生，有時也會交換角色或機能。這要視為自然還是視為人為架構，視為公正或不公，視為對立的性差或協調的個別性，完全是因人而異，因場合而異。與其說互補，或許也有互相消滅的部分。但我個人，只把它視為故事。不是積極正向，也不是消極負面，只能排除那種預見，誠實地跟隨自己內心的故事。因為我不是思想家，不是批評家，也不是社運人士，我只不過是一個小說家。如果從某某主義的觀點認為我不對、欠缺考量，那我也只能老實道歉說聲「對不起」。道歉完全沒問題（笑）。

這樣的女人，從未在書中見過

——比方說：錢德勒的硬漢小說中，女人通常是扮演主動上門求助的角色。在您看過的小說中，想必也累積了不少女性扮演何種角色的看法，我認為那個大有關係。不過，說到您筆下的女性，我首先想到的是〈睡〉的女主角（收錄於一九九〇出版的《電視人》）。這些年我看過女作家寫的女性小說，也看過男作家寫的女性小說。但是像〈睡〉的女主角那樣的女性，迄今我從未見過。這真的是值得驚嘆。

村上　那篇刊登在《紐約客》，當時，我在美國幾乎還沒沒無聞，讀者好像多半以為這是女作家寫的。實際上，也收到好幾封女讀者來信誇獎「寫得好」（笑），讓我有點困擾（笑）。

——〈睡〉是您讓女性扮演敘述者的第一篇作品吧。

村上　是的，的確。

——當時是甚麼理由讓您起意寫女性？或者完全沒意識到這個問題？

村上　那是我住在羅馬時寫的，當時的我雖然沒有到神經衰弱的地步，但《挪威的森林》太暢銷，當時周遭的反應讓我非常受不了，只想逃避到其他的世界。所以我離開日本，藺居義大利。心情很低落，好一陣子甚麼都寫不出來。但有一天，我忽然又想寫點甚麼，於是寫了〈電視人〉和〈睡〉。我記得那是初春時節。

——哪一篇先完成？〈電視人〉嗎？

村上　好像是〈電視人〉先。我在MTV看到搖滾樂手盧・里德（Lou Reed）的音樂影片，受到刺激，幾乎是一氣呵成地寫完。我記得之後就以女人為主角寫了〈睡〉，那個故事或許很契合我當時的心境。或許有點一心只想盡可能遠離自我的心情，所以才用女人當主角。這個故事我記得也是很快就寫完了。

——〈睡〉真的是精采作品。無法入眠，也就等於人生不存在死亡。那種不穩定與獨特的緊張感始終緊繃不曾放鬆，和一名女性的存在完全重疊……村上先生，寫這種作品只要幾天吧？因為是短篇。

村上　但還是得耗費一周時間才算完成。

——我曾用幾天的功夫仔細閱讀〈睡〉，總之，我從未在書中見過這種女人。身為女性的我，有種在文本中發現「新女性」的喜悅。同時也很驚訝那竟是出自男作家之手，真的是很棒的體驗。

回到剛才的話題，說到您小說中的女性、女人的造型，我個人首先想到的就是〈睡〉的她。我是女性主義者，就這點而言，信用交易——而且是相當大型的信用交易——在這裡成立了。最重要的是，對文章本身有種信賴感……您翻譯了許多葛莉絲・帕利這位女作家的短篇小說，這點也有影響嗎？我是說在塑造女性人物時。

村上　應該沒甚麼關係。我翻譯葛莉絲・帕利的小說只是因為她的作品很有趣，幾乎沒有意識到其中有甚麼女性原理。至於〈睡〉，我只是想到甚麼就寫甚麼，充其量只想過，寫女人差不多是這樣吧。只是湊巧主角是女的，我並沒有刻意要寫女人的心理。

——如果要寫女人，無論從女人的立場或男人的立場，往往會有刻板印象覺得「這樣寫會很女性化」，但那篇小說完全沒有這種問題。

村上　只是，最後一幕是車子在深夜的防波堤被搖晃。唯有那時強烈意識到主角是女的。一片漆黑中，車子被幾個大男人包圍搖晃，我想女人一定會非常害怕吧。

——男人應該也會很害怕，但女人大概更害怕吧。

村上　除此之外，我就是寫一個人的故事，所以並未特別意識到是女性。

——所以，那種採取距離的方式，或者說人性……沒錯，全靠女性的人性部分構成，反而烘托出女性的光彩，這就是我的感想。我沒在書中看過那樣的女人。那是出色的小說。

村上　回想起來，比方說，如果那個主角是家庭主夫，妻子是女醫生之類的，我不得不認為，丈夫睡不著，半夜還在做菜洗衣服的情境想必也不足為奇。但一定會有甚麼差異吧。

——有兒子是一個重點，雖然是女性生的，是自己生的，卻有那種感覺，是和父親的眼光稍有不同的絕望。

村上　還有，從那個妻子的立場，對丈夫的厭惡感。我覺得那或許是只有女人才有的厭惡感。

——也不能說是厭惡的某種感覺吧。

村上　嗯。我有時也覺得我太太在我背後有那種氛圍。毛毛的（笑）。

——毛毛的還算好吧，一般家庭是很尖銳的直接捅一刀喔（笑）。對，有段描寫是說丈夫和兒子揮手的方式真的很像。沒有把厭惡感寫成厭惡感，所以某種無法命名的感情會滲入讀者心中，《安娜．卡列尼娜》也有這種感覺。

村上　《安娜．卡列尼娜》啊。對，那的確是描寫對丈夫的厭惡感。托爾斯泰或許平時在家中也經常感到這種氛圍吧（笑）。

——您過去寫了許多男性，這次像免色先生這種有點捉摸不透、「第一次出現這種人格特質」的人物，今後也可能出現在女性身上嗎？或者，關於女性，還是當作被賦予必要角色的存在，就某種角度而言是作為神話人物出現？

村上　關於女性，我當然也想不斷塑造出和過去不同的角色。這次的秋川笙子，雖是配角，但在我看來，是過去很少寫過的人物。我個人對她抱著相當強烈的關心，也期盼更加了解她。可惜實際上很難做到那個地步。

——我對她在看甚麼書很感興趣。她到底在看甚麼書？該不會也是超大型的硬漢小說（笑）。我很好奇，她到底是會看甚麼書的人。無法想像耶。

村上　搞不好是《三國志》（笑）

——笙子女士很強悍（笑）。比方說女性人物出現時，您會寫她是甚麼髮型，甚麼服裝……錢德勒的小說也是如此。初次見面時先從頭到腳描寫外型，好像一下子就有了立體的輪廓。您的小說對於人物的描寫，好像也經常是從服裝的細節開始，對女人的服裝，您是從何處得來的資訊？

村上　毫無資訊來源，只是想到甚麼寫甚麼。這種東西我很少研究。但是如果要勾勒出那個女人的形象，服裝自然也會迅速確定。只是，我想想喔……大概是平時就觀察女性的服裝吧。因為我自己也挺愛買衣服的。

——〈東尼瀧谷〉中的妻子就是個購物狂欸。她最後死於車禍，但她一想到衣服就會出現戒斷症狀渾身顫抖，簡直太酷了。不過，這樣正式訪談，才發現您真的寫了各種女人呢。好像並沒有把女性造型「全部歸類為一種模式」。當然，要描寫一個女性人物的特質，和描寫關係性，又是兩回事了。

村上　那種所謂的模式，老實說我不大懂。就算人家說「是我的小說會出現的那種女性」，在我看來每個人都不一樣，而且基本上在我把她們當成女性或男性之間，是先視為一個人格個體。不過，說是這樣說，〈綠色的獸〉那個太太還滿恐怖的（收錄於一九九六年出版的《萊辛頓的幽靈》）。

——對對對，她也是。

村上　那裡描寫的那種只有女性才具備的殘酷，我也經常切身感受，有點獨特呢。這樣說或許又會挨罵說我搞性別差異，但那種殘酷我想男人大概很少有。男人當然也可能很殘酷，但男人的殘酷比較模式化。是有邏輯的搞殘酷，或者是跳躍性很驚悚的。但女人的殘酷比較日常，有時反而更讓人心驚膽戰。〈綠色的獸〉很不可思議地受到許多女讀者喜愛，也不算不可思議嗎？

——嗯，我周遭也很多人喜歡，我自己也喜歡這篇作品。該怎麼說，不覺得那種恐怖是恐怖，可以理所當然地坦然接受欸。好像很適應那種殘酷。

接觸到我潛入地下的影子那瞬間

——好了，接下來是今天最後一個問題。村上先生，您曾說漸漸不再需要用語言文字說明自己的作品，我想知道您和對您作品的批評和分析之間的距離。

——您最近一次公開發言好像是去年十月獲得安徒生文學獎時，對吧？

村上　嗯，我應邀致詞。

——那篇演說中，引用了安徒生寫的〈影子〉這篇小說，您說對小說家而言，重要的是影子，必須盡可能誠實正確地書寫那個影子。不能逃避影子，也不須用邏輯去分析，只要當成自己的一部分接受，描寫融入內在的它，分享那個過程的經歷對於小說家而言具有決定性的重要影響。我聽了您那次演講，深感恍然大悟。總之重要的就是凝視它，並且如實接納它。這個我非常理解……但是，分析那個暗影，邏輯性地去理解，我認為應該也有助於我們了解某些重要事物吧。抑或，用理性的態度去掌握、去分析，並非面對陰影的適當態度？

村上　坦白講，我是不太喜歡分析。當然也不是完全不分析，過去自己也做過小小的類似分析的行為。但事後想想，那些分析多半是錯的（笑）。採用的因素只要多一個或少一個，分析結果就會截然不同。老實說，我不想再繼續犯那種無聊的錯誤。

——您的分析多半是錯的（笑）？您這點很好耶，一點也沒有大男人主義。是的，您說最好不去分析。看小說時，希望讀者如實接受就好。雖不至於讓魔法解除，但這年頭雖然傾向甚麼都要用分析、邏輯的方式去解釋，與其那樣做，如實接受更重要，面對陰影的方法，也不是用邏輯去分析，而是坦然接受。

村上　是的。要如實接受事物很需要體力，而且培養那種體力或許也很重要。

——這麼做本身就很了不起。不過，我思考的是，比方說，接納陰影，和有邏輯地分析它，是否是相反的行為。今天在訪談最後我想請教這點。

村上　不是相反，但也不是非得重疊。約瑟夫・康拉德曾經指出：作家自以為非常寫實地在寫小說，結果不知不覺卻寫出一個幻想性的世界。換言之，那是甚麼意思呢？對康拉德而言，「用幻想、非邏輯、神祕的方式描寫世界」，和「認為世界是神祕的、幻想的」是完全不同的兩回事。二者之間有種天生的乖離。

——描寫與想法是兩回事。

村上　比方說我，並沒有特別認為「這個世界是神祕、幻想的世界」。我不大相信超自然現象，也不大相信鬼故事或妖怪之類的。對算命也毫無興趣。或許在世界某處的確有那種不合邏輯的現象，對此我也絕不否定，但我一直認為那和我沒甚麼關係。是非常散文式、非靈異的世界觀。可是，當我想純粹寫實地描寫我的小說，結果卻寫出那種不合邏輯的世界，莫名其妙的東西不斷出現。我的意思是，「認為世界是神祕的、幻想的」及「把世界描寫得神祕、充滿幻想」是兩回事。這個妳能理解吧？

——我理解。

村上　在那種乖離，或者說落差中，我認為或許存在著自己的陰影。正因如此，乖離對我具有非常重要的意義。我寫小說時做的，就是盡可能地如實描寫我周遭的世界，如此而已。就成立背景或動機而言非常單純。但是實際上，我越想寫得寫實，就越會忽然出現「騎士團長」或「長臉的」這樣的角色（笑）。如此一來，有些讀者和評論家會認為這好像是童話，但對我而言，那純粹是真實、寫實的東西。絕對不是甚麼童話。

那麼，那種乖離是從何而來、為何出現？我認為知道這點，或許有助於看見自己的陰影。雖然我自己這樣真實活在現實世界，可是地下潛藏著我的暗影，在我寫小說時悄悄爬上來，推開一般社會大眾認為的真實。在那個作業中，我或許會看見自己的影子吧。只不過，那對身為小說家的我而言，在敘述故事的這項作業中是可能的，普通人或許比較難做到。也就是說，也許我是透過寫小說替多數人代行那項作業而已。我是這麼覺得，雖然這麼說好像有點僭越。

——對您而言，接觸到自己影子的瞬間，就感覺而言，就是盡可能塞滿支撐那個小說世界的文句？

村上　嗯，簡而言之或許是這樣。那個意義不在分析中，而在行為本身中。當然分析在某種程度上也很重要，但至少那不是我的職責。對我來說，行為總體必須包含了分析。從行為總體切割出來的分析，就像是被連根拔起的植物。被固定的分析，必然在哪包含誤差。那在某些場合或許是被容許的誤差，但在某些場合可能是非常危險的誤差，至少我是這麼感覺。所以我盡量不去碰研究式的分析。寧可在故事的震撼力中，盡量流動性地去看待事物。盡量塞滿句子，顯然也是那種震撼力之一。

——為何這種飛躍，會在現實世界的自己和自己描寫的小說世界之間出現差異呢？察覺這點的瞬間，也會和影子產生關係。但必須注意的是，為何您一寫就會產生飛躍，這時的「飛躍」的部分，是無法單從現實世界的理論來解釋的事情。

村上　對，那很重要。如果單單從現實的層面解釋故事，會變成只是看圖說故事。或者變得像專家的知性遊戲。關於我的小說，好像經常被分析批評，但我從不看那些。那樣作為獨立的知性戰略或許很有趣，只是和我這個作家本來的意圖已經沒太大關係了。

不過，同時，單從心靈層面做解釋，有時也會很危險。說不定會重蹈殺害約翰藍儂的查普曼的覆轍。那方面要兩者兼顧很困難，我個人只能盡量繼續保持「寫善的故事」的意志。而且我樂觀地相信，這樣的心情肯定可以傳達給讀者。或者該說，除此之外，我好像也不能做甚麼。

（二〇一七年一月二十五日，於三岸畫室）

| 第四章 |

即便沒有紙張，
人們仍會繼續敘述

這次訪談在村上先生府上。牆上掛了很多畫，每張地毯都很漂亮。書房有數量驚人的唱片。巨大的喇叭附帶金屬製貌似大型摺扇的東西，雖然我甚麼都不懂，但那種情景讓人感到「肯定是超厲害的傢伙」。坐在沙發，聽貝多芬鋼琴奏鳴曲三十二號第二樂章。分別由鋼琴家園田高弘、克拉拉・哈絲姬兒、魯道夫・塞爾金演奏。音色優美。架上到處有鴨子擺飾。村上先生的書桌前方有扇長方形的大窗，可以看見山和天空。

日記無法保留，數字可以記錄

村上　上次的訪談就準備好，帶來了《刺殺騎士團長》執筆過程的筆記，所以趁著沒忘記給妳看一下，說不定可以當作參考。首先，從二〇一五年七月底開始動筆。和妳替《MONKEY》雜誌做第一次訪談是六月，所以等於是訪談後的翌月開始寫這篇小說。

——呃，訪談是在七月。我記得是七月九日。

村上　啊，真的？那我等於在那次訪談後立刻開始寫這本小說。

——立刻就開始了呢。

村上　好像沒頭沒腦就開始寫了（笑）。然後，這裡寫著隔年二〇一六年五月七日完成初稿。所以大概寫了十個月吧。意外地迅速呢。

——平均起來等於每月寫八萬字。

村上　嗯，差不多吧。

——一個月營業二十天或者說寫二十天的話，等於一天四千字……

村上　期間也有做翻譯，但是沒接其他工作只寫這本小說，所以時間的密度特別濃密。大約十個月完成，然後開始修改，第二稿完成是在六月底。

——沒有列印出來，直接在電腦上修改吧？

村上　嗯，直接在電腦上修改。附帶一提，我從《發條鳥》那時就一直用EGWord這個日文軟體。雖然很舊了，但我只有用這個才寫得出小說。然後，中期暫時休息了一陣子，休養生息後再投入第三稿，第三稿完成是在七月底。速度漸漸加快了。

——起初的二稿和三稿之間有多大的變化，只有您才知道……

村上　這裡有記錄量的變化。

——……真的耶，字數的增減一目了然。

村上　我都是這樣記錄各章的字數。

——這份表格，❶是代表第一稿，❷是二稿，❸是三稿吧。如此看來，起初，一稿的時候是從第一章到第六十四章。第一章的一稿換算為四百字稿紙是四十二張。四十二張到了二稿的時候刪減了八張——這是每次都會記錄嗎？

村上　我會一一記錄下來。因為我這人很瑣碎（笑）。

——再看第二章，起初有五十一張稿紙，後來刪減一張變成五十張，三稿增添三張，變成五十三張。對您來說這種生理節律（biorhythm），甚麼感覺最重要？

村上 所以說，修改時會大致定出方針，看這次基本上是要刪減，還是基本上要增添，按方針來進行。

——啊？甚麼是「這次要刪減或是要增添的方針？」（笑）

村上 比方說這次的修改就以刪減為中心來進行。然後，下次就以稍微增添來進行，每次會有各種主題。

——每次都不同？

村上 每次都不同。一度狠狠刪減，之後再一點一點增添，補上血肉，這樣的模式好像比較多。之後，七月底完成第三稿，開始進行第四稿的修改，在八月中旬，八月十五日完成四稿。之後再次修改，這是第五稿，在九月十二日完成，這時才把隨身碟說聲「好了」交給編輯。

——說聲「好了」交給編輯。

村上 嗯。毫無預告，突然交出。因為我不是接受邀稿才寫作，所以要把稿子交給哪家出版社，要等我寫完之後才決定。之後，我會請對方「立刻列印出來」。因為之前都是在電腦修改，這時才第一次在紙上印刷的狀態下讀稿，再次修改。看電腦螢幕和看紙本稿的感覺差異很大。第一部的紙本稿在十月五日修改完畢，之後，第二部的紙本稿在十一月十五日修改完成。這份紙本稿等於是第五稿。

——紙本稿是第五稿？

村上　是第六稿嗎？應該是第六稿。然後，這才正式校稿。

——這時才開始校稿。

村上　所以，在校正樣稿之前就已修改到第六稿了。細微的修改更多次，但從頭開始依序重讀、仔細修改的是六次。

——那都被最後定稿覆寫了嗎？還是有保留？

村上　基本上我的隨身碟有保留原稿。以前手寫稿的時候做不到，但現在不是可以輕易全部保留了嗎？也不占地方。所以原稿的改變一目了然，如果有研究者在或許很高興，但我可不會交給研究者喔（笑）。附帶一提，執筆寫這篇小說的期間，我大約譯完了四本書。

——對呀，這種工作量太驚人了……

村上　有卡森．麥卡勒斯的《婚禮的成員》對吧。然後是瑞蒙．錢德勒的《重播》，葛莉絲．帕利的短篇集《那日稍晚》，另外還有一本是甚麼來著？對了，是約翰．尼可斯的《不下蛋的布穀鳥》。我翻譯了這四本，的確產量驚人。

——……。

村上　寫小說時，為了逃避小說就會忍不住跑去翻譯。

——為什麼是逃避？

村上　換句話說，只要想到小說，腦袋想來想去不是就會一團糨糊嗎？期間做點翻譯可以讓腦袋放輕鬆。所以就會忍不住逃往那邊，是逃避。為了逃避而翻譯。結果，我把這件事告訴柴田元幸先生，柴田先生說他以前也是用翻譯來逃避大學的各種雜務。不過他已經離開大學了，我說，「那你現在已經沒地方逃避了。」，他說「沒必要逃避翻譯」（笑）。他很厲害，比我厲害太多了。

——柴田老師也是超人耶……（笑）。我重新看這份摘記，嗯……這樣詳細記錄創作的過程，果然和您跑步有關係嗎？

村上　或許有關吧。關於跑步，我也會記錄今天在哪裡跑了幾公里。游泳也是，在游泳池游了幾趟都會一一計算。

——就像掌握小說的身體。

村上　我這人一下子就會忘記很多事。所以，我會把小說是怎麼寫的記錄下來。我不寫日記，不會記錄自己的心理狀態甚麼的，但唯獨事實關係、數字關係我想明確記錄下來。雖然具體上那並未派上任何用場，只是當作一份摘記。

——不是因為當時想到甚麼點子？

村上　不是，就只是數字，日期與數字。

——從以前就一直這樣做？

村上　嗯。我從以前就沒寫過日記。不知怎地就是無法持續寫日記。那才真是三分鐘熱度。但是日誌上如果只是記錄幾點去了何處、做甚麼、喝了幾瓶啤酒，只有這種數字的話我就可以持之以恆地記錄下來。

——這個小故事讓人想起《聽風的歌》。對於數字的掌握還是有種親和性。

村上　因為數字不用想得太複雜，只要把自己和事實連結。就像小船用繩索繫住。

先迅速下筆打草稿即可

——這次開始寫長篇時，是甚麼樣的氛圍？

村上　開始動筆是二〇一五年的七月，所以是《村上先生的所在》出版，剛喘過一口氣的時候。

——那是數量有點驚人的郵件呢。

村上　嗯，數量驚人。我收到大量的電子郵件，必須統統看完，再寫很多回信……總共好像寫了二千封回信（實際上寫了三七一六封回信）。總之在那個完成之前別的甚麼都不能做。最後已經頭昏腦脹，眼睛也花了。對眼睛不太好。好不容易完成終於可以喘口氣，然後大概就覺得「差不多該寫小說了」。

——好像太缺乏休息了吧？

村上　被妳這麼一說似乎的確很忙。前一年出版了《沒有女人的男人們》這本短篇集，之後，過完年又有四個月左右的時間全心投入《村上先生的所在》，秋天出版《身為職業小說家》，腦中有個念頭覺得差不多該輪到長篇小說了。當然隱約已有開頭的想法，但實際上是甚麼時候要開始寫長篇小說，不到那一刻我自己也不知道。當時，完成《村上先生的所在》的工作，我記得我好像去了一趟夏威夷。在夏威夷悠哉躺著，讓眼睛休息，漸漸不知怎地，好像就有點蠢蠢欲動，覺得「差不多該開始上工了」（笑）。

——您所謂的悠哉休息，該不會只有三天吧（笑）。總之，您幾乎全年無休，工作量非常驚人。

村上　對我而言，沒有交稿期限的寫作等於是個人興趣，所以已經不能算是工作了。所以，如果問我很忙嗎，我可能會說，「不會，現在只做翻譯，所以一點也不忙。」

——您所謂的休息，就那樣告一段落。

村上　開始寫長篇，不是「好，拚了！」而是「好吧，那就試試吧」，是抱著很輕鬆的試寫感覺開始的。如此一來，故事自然會鋪展，最後真正投入故事。

——最後會變成多長篇幅的小說，這您有概念嗎？

村上　大致有概念，看當時的心情。比如說長篇，這次這本是八十萬字，那我大概能感到會超過四十萬字，可能會超過六十萬字。唯一沒概念的，只有寫《挪威的森林》那次吧。那本來是抱著寫中篇小說的打算開始，結果比意料中還長，但那是因為在我心中的小說類型稍有不同。大抵動筆後，我大概知道以這樣的開頭會寫多少字。

——然後就知道這次大約八十萬字？

村上　交給編輯之前總共大概刪減了十二萬字，如果我沒記錯的話。

——那個過程，都在這一覽表中。

村上　寫長篇還是會忍不住寫太多。自然而然會太用力，有時忘記前面寫過了又寫一遍。所以，通常都會變得篇幅太長。

——樣稿出來之前已經修改到第六稿了，在您一再增減，最後覺得可以了才交給編輯去校稿後，還會繼續修改？

村上　校稿好像也做了好幾次。初校，二校，三校……然後是印刷前的最後一校吧。

——那，加起來總共……是十校（笑）。

村上　唉，每次起碼都校正這麼多次喔。這次還算是少呢。

——如果是長篇，校稿這麼多次是起碼的？

村上　嗯，如果不校這麼多次就不安心。長篇小說的整體架構的平衡感比較複雜，也有整合性的問題，還要考慮事實關係，不只是我，必須出動好幾個人一起進行相當細密的校正。

——比方說這次主角是畫家，所以有相關細節。也會出現需要查閱專業資料的描寫，那您是打從開始就把那種場面也寫得很縝密嗎？還是說……

村上　在初稿的階段不會寫得那麼詳細，大致上是在腦中想像然後下筆，細節留到之後再查資料訂證即可。比方說日本畫家不會把畫筆稱為刷子……。

——重點在這裡嗎（笑）。

村上　起初幾乎是全部靠想像去描寫。畫家是怎麼作畫的，我這輩子從未畫過油畫所以技術方面的東西幾乎一無所知，但我會先隨便寫。可以從維基百科甚麼的簡單查閱的部分當然會查閱一下，但我盡量連那種資料也不去看。

——盡量不看資料，是有甚麼理由嗎？

村上　因為自己想像「大概是這樣」會寫得比較順。如果引用各種細節資料，細節會占用篇幅，文章就無法那麼順暢進行了。第一稿必須靠文章的氣勢帶動故事，所以我盡量讓步伐不停止。細節事後還可以盡情調整。況且就算有甚麼不懂的還有新潮社的校對部門負責處理。

——把八十萬字的原稿時而近距離審視，時而拉遠眺望，在這樣重複的過程中，會不會突然對原稿失去自信，或者不安地覺得「這篇小說……雖然寫得這麼長，但是除了我以外，該不會根本沒有人覺得有趣」？

村上　不會。

——一直抱著確信？

村上　嗯。沒有確信的話根本寫不出長篇小說。

——即便在寫作的當下？

村上　嗯，寫的時候也毫無懷疑。寫完之後，重讀寫好的文章，會看出「啊，這裡有點沒寫好」，有時必須大幅修改，但寫的時候想那種事也沒用。總之只能秉持確信去寫。毫不猶豫地堅持到底。

——偶爾不會產生「這或許是失敗之作」的想法嗎？

村上　不會。我從來沒有寫到途中，覺得「啊，這樣寫壞了」於是又回到前面重寫的情形。至少就我記憶中是沒有。

——目標已經確定，只需勇往直前？

村上　已經開始了就只能走到底，不斷前進。反正事後還能盡情修改，所以眼前就先追著故事的發展，堅持寫到最後。

——第一稿和最後交給編輯的八十萬字，內容有多大的差異？這個全盤知道的只有您自己。

村上　不同之處有很多。舉例而言……這個人物在這裡發生了某件事，但那可能還是不符合故事的發展。所以改成他（或她）沒做那件事，或者換一個小插曲來代替，這種情形經常發生。不過，故事主旨並未因此改變，那點小問題完全可以在技術上解決。

——印象也沒變？

村上　我想印象應該也沒甚麼改變。因為純粹是技術性問題。

——那就像是這本小說的理念，只要抓住那個，就打從開始都不會變？

村上　嗯，只要抓住故事發展的主旨，就甚麼都不用擔心了。我很擅長修改，一眨眼就改了。

——……不管怎樣，十個月寫了八十萬字，雖然按日計算沒甚麼意義，總之等於您的工作量是每天四千字。

村上　嗯。

——細節部分呢？例如某段寫得很開心，或者某段寫得特別順，如今回想起來，有沒有類似這樣印象特別深刻的地方？

村上　沒有。每天只是按部就班完成工作。

——沒有？全部都很平均？沒有哪一段讓您覺得寫得特別開心嗎？

村上　我想不起來。

——真的沒有嗎？耗了十個月寫出八十萬字，總該有點特別的吧？

村上　我喜歡寫對話，所以騎士團長說話的地方，還有和雨田政彥的對話，這些部分毫不費力就能順暢寫出來。如果問我是否寫得開心這我不清楚，但至少並沒有絞盡腦汁煞費苦心。

——那個騎士團長文謅謅的奇妙說話方式，我想應該是和人物特質同時出現的，但您在這種地方真的很拿手耶（笑）。《麥田捕手》荷頓的老師的呻吟被您譯為「啊——姆」。讓人印象深刻。

村上 那都是自然產生的。

——您在寫的時候會自己說說看嗎？比方說騎士團長那種語氣。

村上 怎麼可能自己說出口，那太傻了吧（笑）。那種東西，只要有必要，自然就會冒出來了，用不著動腦筋去思考。因為想太多絕對沒好事。不過，要不去想，或許意外困難。往往還是忍不住去思考。

——重點是繼續寫下去。

村上 總之，就算覺得好像有點怪怪的，我也會用「算了，明天還能想的就留待明天去想」這種態度繼續寫下去。如果堅持不多思考只是寫下去，自然就能解決。

——那麼，比方說這裡先寫個一千字，事後再來仔細思考？

村上 類似這樣。總之我盡量避免想太多。

——反之，文章的進展忽然變慢或變得艱澀笨重，又是在甚麼情況呢？

村上　還是在會話之外的敘述部分，敘述部分有時寫起來相當吃力。讀者也是，對話可以看得很順暢，可是碰上敘述文，必須某種程度聚精會神才看得進去。況且那種地方或許寫了很重要的關鍵。作家也分二種，一種是對敘述抱著「給我認真閱讀！」的感覺，寫得非常縝密的作家；一種是覺得讀者也很辛苦，所以特別有服務精神的作家。

——很貼心。

村上　對，貼心的作家。我嚴格說來或許算是貼心的作家。這時插進一個上次說的「和胖郵差一樣」的比喻，讀者也可以放鬆一下心情。那種放鬆的感覺挺重要的，至於要以甚麼樣的比例、如何安插比喻，就是作家展現手腕之處。

——基於貼心，認為「這裡需要點甚麼」，於是即使預感到會有點費力，還是會寫寫看嗎？

村上　我覺得不好寫的地方，因為太麻煩，所以會草草帶過。

——草草帶過？

村上　比方說這裡需要描寫這間屋子。如果打從一開始就仔細描寫，腦袋會咕嚕咕嚕熬成糨糊，所以姑且先想到甚麼就隨手寫下去。假設這裡我認為應該用四百字稿紙描寫二張半左右，那我就先描寫二張半左右的篇幅。不管怎樣先填滿必要的字數，不必把文章寫得很美。事後修改時，再根據必要去刪減或增添，或者仔細描繪細節，或者加入美好的服務精神、巧妙的比喻就行了。一天要寫四千字，如果不在這種困難的地方偷懶一下會撐不下去。

——就是嘛！我現在終於安心了……因為我一直覺得很不可思議，每天都要寫出完美的四千字，那根本就不可能吧（笑）。

村上　如果要每天寫出四千字的完成稿，那的確很難。

——就是啊，就是啊。因為大致知道這裡需要二張半的描寫……

村上　小說要的就是呼吸，只要抓住那種呼吸的平衡感就行了。在腦中的工程表列入這裡有二張半的描寫，總之就是寫就對了，寫二張半。寫甚麼都行。

——只要抓住呼吸，在能寫的範圍內儘管迅速寫出來。

村上　迅速寫出來。事後重讀時往往會意外地發現「啊，這裡其實沒問題嘛」。

——意外地寫得很好（笑）。像那種地方，會在電腦上做記號嗎？

村上　不會。我會用腦子記住。應該說……啊，我忘記說了，剛才說一天寫四千字對吧。但是，早上起來坐在電腦前，我會先把前一天寫的修改一下。重讀前一天的四千字，把粗糙的地方稍微順一下。

——那大概要花一小時嗎？

村上　不用那麼久。

——三十分鐘？

村上　不，更短。大概十五分鐘到二十分鐘吧。把不足的補充一下，多餘的刪除。但是不會花太多時間，感覺只是迅速簡單地順一遍。然後抓住那個呼吸，繼續寫今天的分量。連續劇不是會有「前集提要」嗎？類似「Previously on Breaking Bad……」的感覺，就跟那個一樣。然後，隔天再修改今天寫的四千字……這樣每天重複。我曾在哪本書上看過，海明威據說也是用同樣的方式寫作。

——不過，即使這樣天天修改，結果還要一稿、二稿、三稿，最後修改到十稿（笑）。

村上　嗯。

——短篇不會修改到這種地步？

村上　短篇當然也要修改啊。不過，短篇重讀花不了太多時間，所以只是作業不像長篇時那麼辛苦罷了。

嶄新的第一人稱世界開始了嗎？

——這次的《刺殺騎士團長》中，說到屋子或房間細節的描寫，就不能不提免色家。那種豪宅您一直想寫一次看看嗎？

村上　不，沒那回事。那是免色住的房子，也是故事的重要舞台，某種程度上必須好好描寫，所以只好被迫描寫。我個人對房子或建築物並沒有特殊的興趣。那間屋子很大，所以光是考慮室內格局和方位甚麼的就麻煩死了（笑）。

——是被迫描寫的感覺？（笑）

村上　嗯。寫到一半自己也搞不清楚室內格局了，在校稿的階段被責編指出矛盾之處，還得辛苦修改。畢竟那位編輯大學是念建築系的。

——書中對車子也有很多描寫。

村上　嗯。例如：Jaguar，我還實際坐上去研究了一下。我沒開過Jaguar，寫完小說後去中古車行，請車行讓我試開一下。只是為了確認我有沒有寫錯。雖然是中古車，但是開起來很順，已經是十幾年的中古車了，所以價格也很平價，害我忍不住想「啊，好想買這輛啊」（笑）。當然最後還是沒買，如果買了好像就變成免色先生了。

——這次的主角三十六歲。過去您的小說主角多半也是三十幾歲，多崎作住在自由之丘的父母給他的公寓，這些三十幾歲的主角，眼光好像也隨著年齡越來越高了。

村上　眼光變高？怎麼說？

——對。比方說本書的「我」，受邀去免色先生家作客時，一眼就看出對方端來的盤子是古伊萬里瓷器。透過主角目光一一掃過室內擺設的描寫，感覺他很懂東西的價值。可是在《發條鳥年代記》的岡田亨，他的感覺就比較窮酸。可以感到他認為有錢人的價值觀與自己無關，有段距離感。但是到了多崎作，已經漸漸出現富裕階層的氛圍。這次三十六歲的「我」也是，或許沒甚麼錢，但他鑑定車子的眼光，鑑定用品的眼光，對地毯、食物也是……諸如此類，該說是眼光高嗎，總之他懂得很多東西的價值。雨田政彥的音樂品味也是。這次的「我」如果用女性來形容，大概會是那種定期購讀《家庭畫報》或《Mrs.》的女性吧。因為如果用男性雜誌來比喻的話我不太了解男性雜誌。

村上　嗯，被妳這麼一說或許是吧。

——主角多半是三十五、六歲的男性，前面說過是因為這個年紀就像引水人，不知今後會如何變化。但即便如此，主角周遭那種文化氛圍、渾身的素養好像還是在漸漸改變。

如果是《發條鳥》的岡田亨，我想他大概不會對汽車那麼注目。頂多只是看兩眼，覺得那輛車很大，然後砰的丟出一個很諷刺很酷的比喻（笑）。作為讀者，對這種變化看得非常興味盎然。用第一人稱敘述時，敘事者看見甚麼，想傳達給讀者甚麼，和小說的世界觀也有關，是非常重大的要素。就這個角度而言，本書和過去的第一人稱小說在氛圍上又有所不同呢。

村上　比方說錢德勒長年來都在寫以菲力普・馬羅為主角的長篇小說，但馬羅的年齡也逐漸增長。年齡的設定本身沒有太大變化，可是這個人物給讀者的印象，卻一年比一年圓熟老練。他在早期的小說中還滿粗暴，有點流氓的味道，可是到了後期小說已經比較老成，變得深謀遠慮。對人生的達觀色彩也逐漸濃重。當然這也反映出作者錢德勒自身的變化。

還有另一位有名的馬羅，是約瑟夫・康拉德的《黑暗之心》及《吉姆爺》的敘事者馬羅船長，也隨著作者的年齡變化，逐漸改變了氣質及對事物的看法。我雖非像他們那樣以同一主角寫系列作，但是說到第一人稱單數，我想的確免不了這種年齡上的變化。因為我的觀點，難免會混入主角的觀點中。這次我寫這本小說，毫不猶豫地選擇了「私（我）」這個人稱。打從一開始我就認為，這次只能用「私」來寫。過去我寫的小說中的第一人稱，多半都是「僕」。而我過去使用的「僕」這個第一人稱，和這次的「私」這個第一人稱之間，自然有段距離。那種距離感就某種程度上是刻意的，同時也是自發的，那或許就是妳說的「改變了」。

——這次訪談一開始就請教過第一人稱「私」的問題。現在的村上先生，用「私」這個主角，以「私」開始寫小說，好像是非常順理成章的開始。

村上　嗯。如果不用「私」這個第一人稱，這個小說好像無法順利成立。起初選擇「我」這個第一人稱時，這本小說的性格就已經大致固定了吧。

——用哪一種人稱寫作，會直接關聯到故事世界整體的氣氛。

村上　以我的感覺，「私」嚴格說來是善於觀察的人。至於「僕」，比方說：《尋羊冒險記》就很典型，會被周遭各種強大的力量帶領、左右。但這次小說的「私」，雖然的確也被人帶領、左右，但他比較那個，該怎麼說……

——冷靜。

村上　他會觀察，意志堅定地想要設法維持、保持自己的立場。所以，比起《尋羊冒險記》的第一人稱「僕」，他比較有社會性，我想這方面是有點不同。

——性格也不同。

村上　所以，經過一些第三人稱的小說，現在我又回到第一人稱，但我覺得不會回到同樣的地方。或許已開始嶄新的第一人稱世界。

——您用「僕」寫小說的時期相當長吧？甚至有人說您的小說的第一人稱「僕」是最大的發明，算是相當特殊。

村上　或許吧。對我來說倒是很普通。

——我認為和主角對人事物的態度也大有關係，有第三人稱的效果。反過來說，正因如此，讀者才能抱著憧憬把自己投影在那個很酷的主角身上。「僕」具備了那種機能，這點在《MONKEY》那次訪談時也說過了。這樣的「僕」敘述的世界，是您作品的重要特徵之一。或許只有那個「僕」能夠表現出包含未定型自我認同及天真的構造，只能名之為惆悵的東西吧。

村上　嗯，嗯。

——那種惆悵，讓讀者很懷念，所以大家才會異口同聲說早期的作品比較好。那和時代無關，不管是在一九九〇年代或二〇〇〇年代，那種有時進退兩難的「惆悵」在世間眾生心中迴響。您自己是否也曾有過再用當時的「僕」那種感覺寫作，或者再回味一次當時那種氣氛的想法？

村上　沒有。我完全沒有那種懷念感。如果問我「現在可以讓你回到三十歲，你想回去嗎？」我只能回答「不，不必了。那個有過一次經驗就足夠了」，或許就類似那個吧。

以前寫的書，已經太落伍無法重讀

——《MONKEY》那次訪談時，我記得也是從「是否因為獲得第三人稱而失去甚麼」開始請教那個話題。您說不會重讀過去的東西⋯⋯。

村上　我不會重讀。

——其實還是會稍微讀一下吧？（笑）不會有「我果然寫得好，真厲害」的想法？（笑）

村上　不會，不會。所以，只有在朗讀〈鏡〉或〈四月某個晴朗的早晨〉那種短篇時，為了朗讀我才會重讀，順便修改一下以便更容易朗讀。除此之外，我不會重讀。因為很難為情。

——也不會順手從書架拿起《發條鳥》翻閱，覺得「啊——這種震撼力……我果然超厲害的！」這種想法？

村上　我真的不會重讀啦。不騙妳（笑）。

——不會覺得「剝皮的那一幕，簡直世界第一」？（笑）。

村上　不會，不會。不過，有時看文章，覺得「啊，這個寫得挺不錯的嘛」，結果發現原來是引用我的小說。

——等一下（笑）。啊？您看了某篇作品，結果覺得好的文章竟是自己的文章嗎（笑）。

村上　有時不是會隨手翻閱文藝刊物或雜誌嗎？這時一段文章猛然映入眼簾，我心想，「噢，寫得挺不錯的。這是誰寫的？」結果是引用我以前的文章（笑）。

——拜託（笑）。是很長的引用吧？

村上　嗯，引用了很長一段。

——結果您一時之間竟然沒發現是自己的文章？

村上　沒發現。因為以前寫的東西不可能一一記得。

——重點是，您一直說真的甚麼都不記得，但現在我開始覺得，您或許是真的甚麼都不記得。

村上　哎，是真的會忘。因為我不斷在寫新的文章。以前寫的，怎麼可能一一記住。

——這個部分如果歸納起來，就是您會忘記寫過的文章。而且出版成冊後過了一定的時間就失去興趣，甚至可以說，您只有在寫作的當下感興趣。您只對「寫作」本身，以及把它貫徹到底感興趣，基本上對旁人的評價也不在意。對於故事本身也是，事前不考慮那是甚麼，寫完之後也不會對答案，或者思考那句有甚麼意義。

村上　不會。

——如此說來，我覺得村上先生……好像是讓故事通過出現的器官耶（笑）。

村上　唉，其實真的沒什麼了不起。

——反正就是會有那種感覺。

村上　應該說，如果單純只是閱讀不久前寫的文章，會感到「已經落伍了」。

——落伍？

村上　比方說閱讀五年前寫的文章。結果，會覺得看起來已經落伍了。

——是對某部分這樣覺得？還是對全部？

村上　全部。就和衣服一樣，自己會覺得「這已經是五年前的時尚流行了」，好像變得不太適合，既然如此自己只要寫新的就好了。

——只要寫出新的更適合的就好了？

村上　嗯。比方說現在如果重讀《發條鳥》，我會覺得有點落伍看不下去。

——「落伍」的意思是說，如果是現在您就不會那樣寫？

村上　對對對。我會覺得如果是現在，我會用不同的遣詞用句，故事想必也會有不同的發展。

——那不是因為主題落伍或出現的人事物落伍？

村上　不是因為具體的主題或舞台背景，或許比較像是一種體表感覺。

——出現在細節嗎？比方說這個人物造型的小地方。

村上　以前，好像是大學時吧，我看過馬丁．威廉斯（Martin Williams）這位評論家訪問爵士樂手邁爾士．戴維斯（Miles Dewey Davis）的報導。馬丁讓邁爾士戴上眼罩，接著放唱片，詢問他的感想，當時放的是邁爾士自己的舊唱片。曲目好像是十年前他演奏的自創曲〈Swing Spring〉。結果邁爾士竟然問：「這首曲子挺不錯的，是誰演奏的？誰的曲子？」採訪者回答：「這是你十年前演奏你自己的曲子。」邁爾士說：「不，我不記得有這首曲子。」我當時看到這裡，心想這傢伙又在鬼扯（笑）。我心想，他又胡說八道耍酷，怎麼可能忘記嘛。因為〈Swing Spring〉實在太有名了，怎麼可能輕易忘記。但是直到最近，我才開始覺得，啊，邁爾士當時可能是真的忘記了。但是當時看了只覺得他說謊，心想真的是夠了（笑）。

——可是現在您能體會他那種心情了？（笑）

村上　算是體會嗎，總之我現在覺得或許的確有那種可能吧。邁爾士搞不好的確是忘了。

——是最近才開始感到那種落伍嗎？抑或是從早期就有這種感覺？

村上　以前在某種程度上也有，但隨著年齡增長，過去越來越遙遠，或許這種感覺越發強烈了。我說我對自己以前寫的真的不感興趣，也幾乎完全不會重讀，可是好像沒甚麼人相信。

——連短篇也不會重讀？

村上　除了用來朗讀，否則不會重讀。當然並不是覺得自己寫的東西「無聊」或「無趣」。在我心中依然留有當時竭盡全力寫作的感覺，這點我也很自豪，當然如果得到讚賞也很開心。看到我的小說問世三十年後仍未絕版，依然陳列在書店架子上，我很感恩，也想感謝讀者，那是理所當然。因為我是作家。但那個歸那個，我實在提不起勁重讀自己寫過的小說。

——比方說，之前請您舉出心目中的史上最佳短篇（不僅限於卡佛的作品）時，您曾說還是會選卡佛的〈腳下流淌的深河〉，如果是別人的小說，不管是甚麼時代的作品您現在還是會看。那您應該也可以用同樣的感覺看待自己以前的小說吧……

村上　別人寫的和自己寫的不一樣。

——每個時代有每個時代的作品，如果是旁人的小說您就可以平等看待，所以您不能也那樣看待自己的寫作歷程或小說？

村上　對自己的作品很難。比方說卡佛的〈大教堂〉或麵包店的故事，還有〈腳下流淌的深河〉，即便現在看了還是覺得很厲害，完全找不出可以修改之處。至於自己的小說，我是無法選出自己寫的短篇前三名，但就算能選，看了恐怕還是會很煩吧。

——會很煩嗎……沒有一篇讓您覺得已經寫得很完美了？

村上　沒有吧。同樣的故事，如果是現在應該可以寫得更不同。

——嗯……

村上　不過，就算我把自己的短篇小說用現在的感覺和現在的技術改寫，讀者也不見得一定會覺得更好，因為那純粹是我個人的感覺問題。所以我盡量不去重讀，因為讀了就會忍不住想修改。

——您的短篇小說隨著收錄的版本不同，有很大的機率會改寫。

村上　那種情況也有，收錄在講談社的全集時有幾篇短篇就改寫過。原來的版本不會動，但是放在全集的文章就像是「另類版（alternative）」。

——〈睡〉也在收錄於《睡》時改寫過，還有〈開往中國的慢船〉也是。果然看了就忍不住想重寫嗎？

村上　嗯。不過，也有些短篇已經不想再重讀，那種就完全不碰。或者該說，大部分可能都是。

——〈下午最後的草坪〉就是（收錄於一九八三年出版的《開往中國的慢船》）。

村上　〈草坪〉有點無法重讀。

——真有趣，讀者和作者之間的落差。說是當然的確理所當然，但明明是同一篇作品評價卻截然不同。不，就那個角度而言，已經不是同一篇作品了吧。

村上　要面對過去的自己，有時很難受。讀者的立場和作者的立場或許大不同。就好比有人明明是大帥哥或大美女，偏偏不喜歡照鏡子。因為對鏡自照時只會注意到臉上的缺點。可是在旁人看來，根本就是完美無瑕的臉孔。這個比喻或許不夠貼切，但總之自己看自己，和旁人看自己大不同。

——「修改」好像也有那個原理存在。

村上　〈開往中國的慢船〉和〈貧窮叔母的故事〉刊載於雜誌時修改了很多（二者皆收錄於前面提到的短篇集）。當時我還是新人，不太懂得短篇的寫法，所以不斷在錯誤中嘗試。

——看您在〈貧窮叔母的故事〉當時的訪談，您說和編輯有很多溝通。我很少聽說編輯與您促膝面對稿子討論的情況，所以很訝異您也有過那樣的時代。頂多只有〈貧窮叔母的故事〉是這樣吧？那篇是否有甚麼特殊狀況？

村上　我完全不記得了。

——您果然又忘了（笑）。

村上　我不記得了，不過，當時還會和編輯討論。對方會指出「這裡這樣寫比較好吧」或「這裡希望能寫得更深入」。〈開往中國的慢船〉刊登在《海》，〈貧窮叔母的故事〉刊登於《新潮》。《海》的責編是安原顯，《新潮》是鈴木力，所以我想大概有過種種討論。但是細節我已經忘了。不，安原先生並未針對小說內容有甚麼意見，感覺上好像是隨我愛怎樣都行。他是那種編輯，只要喜歡就照單全受，不喜歡的話就統統不接受。至於鈴木力，我記得曾和他並肩坐在神宮棒球場的外野席檢查校稿。那是十月的例行比賽（笑）。

——那種情形只到《尋羊冒險記》為止？

村上　嗯，差不多只到《尋羊冒險記》。之後除了一本例外，編輯幾乎都沒說話。

——那是從出道至寫長篇為止的新人作家一般模式。經過討論後寫出長篇。

村上　嗯。之後，和編輯針對稿子內容的討論一年比一年少。小說的寫法也是，我的風格或系統漸漸固定，如此一來，之後只能自己思考自己負責。《尋羊冒險記》在《群像》刊載時，編輯方面有種種要求，現在我才敢說，以我的觀點看來那些要求多半讓人有點納悶，所以當時挺麻煩的。因此後來我決定長篇小說在完成之前原則上一律不連載。我寫的長篇小說，和別人的質感相當不同，所以只能自己一個人去推敲整理。不用理解我或幫助我也沒關係，只要別來干擾我就好。就這樣。

——前面也提過，有所謂的「文學主流」，您則是支流。這種狀況下，在文藝刊物發表長篇之類的大型作品時，難免也會和當代文學的主流發生衝突吧？

村上　嗯。所以，替文藝雜誌寫稿太麻煩了，我幾乎已不再接。短篇小說某種程度還會刊載，但長篇就算了。

——當時，您已有一批讀者，所以就算不把重心放在文藝雜誌，應該也能出版長篇小說。

村上　那方面還不確定，不過正好那時新潮社問我要不要替「純文學」系列寫點甚麼，我就寫了《世界末日與冷酷異境》，後來就一直寫非連載的小說。因為那種做法比較合乎我的個性。

對了，說到〈開往中國的慢船〉讓我想起一件事，短篇集《開往中國的慢船》收錄了〈紐約煤礦的悲劇〉。那不是刊載在文藝雜誌上，是刊載在男性雜誌《BRUTUS》，是對方邀稿。當時的《BRUTUS》會刊載短篇小說。我就把寫好的稿子交給編輯，結果後來對方打電話來，「村上先生，不好意思，這篇我們雜誌不能刊登。」我問「為什麼」，對方說「因為題目是比吉斯的歌名，比吉斯樂團已經不合時代潮流了」，他們覺得比吉斯不夠時尚。雖然這個理由很怪，但我還是說，我知道了，沒關係。因為就算被《BRUTUS》退稿也可以改登在別家雜誌上。結果過了一陣子，對方又打電話來：「對不起。那篇我們還是決定刊載。」據說是總編輯如此下令，結果就還是在《BRUTUS》刊登了。那個短篇事後被譯成英文也刊登在《紐約客》，卻差一點被《BRUTUS》退稿。只因為「題目不夠時尚」（笑）。

——重點是題目時不時尚嗎……聽起來很有八〇年代的感覺耶（笑）。在那種狀況下，寫出《世界末日》成了一大契機。

村上　是啊。那本書的責編M是個有點奇特的人，我把題為《世界末日與冷酷異境》的原稿交給他，他說「這個名稱太長了，改成只用『世界末日』好不好」，我說那恐怕有點不好……（笑）。

——到底看內容沒有啊（笑）。

就像史普林斯汀的自問

——撇開那個不談，您本就具備「自己的事自己做的精神」，大學在學期間就開店，固然也是該說是個性使然嗎，那種一條路走到底的貫徹方式很厲害耶。沒有幫手，也不依靠旁人。

村上　與其依賴別人還不如重視自己的直覺，事情會進展得更順利。這是我的基本方針。況且，我的個性也不太適合團體作業。

——比方說小時候，您會參加那種需要團隊合作的運動嗎？

村上　當然還是會打棒球，但是如果叫我穿上和大家一樣的制服正式組隊，那我就不幹了。

——不幹了？

村上　不幹。我會和鄰居小孩玩棒球，但我不喜歡穿上制服加入球隊。

——從小就不喜歡隸屬於某個團體遵循規則進行？

村上　不喜歡。顯然不適合。

——打從一開始就是？

村上　嗯，只能說一開始就是。一方面當然也是因為我是獨生子吧⋯⋯。

——可是，獨生子也沒有全都這樣吧，也有人願意和大家一起玩得很開心。

村上　那倒是。

——基本上，被人批評也會不高興嗎？

村上　不，我還是會聽別人的意見喔。我並不是那麼孤僻的人，所以別人如果批評了甚麼我還是會傾聽會思考，但是如果覺得合不來，我就不會再繼續聽了。寧願自己做自己的。

——覺得和此人合不來時，八成是直覺發揮作用，所以就某種角度而言，一打照面可能就知道了（笑）……也不盡然嗎？還是要交談之後才知道？和這個人合不合得來，是在甚麼時間點才知道？

村上　幾乎少有合得來的，所以我沒怎麼想過這種事。我當然不認為自己一定對，也有很多錯誤，但我的想法和別人略有不同，所以坦白講，就算別人給的建議我也不記得有派上用場。當初我把店賣掉宣布要當專業作家時，周遭的人全部反對。他們都說我不可能成功（笑）。不過，前面也說過，如果編輯說這裡最好修改一下，我會努力修改，編輯的批評基本上是正確的。就算不照對方的意見做，總之我也會以某種形式修改。

——說得也是，因為一直是這樣的相處模式。

村上　過了某個時期後，編輯就幾乎再也沒意見了。到某個時期為止會給我各種建議，當然，那在我看來，有些能接受有些無法接受，但過了某個時期後編輯就再也不會說了。

——有時會有點希望編輯批評嗎？

村上　並沒有。

——並沒有啊（笑）。

村上　因為已經習慣了。如果只是針對事實對錯，具體指出「這裡好像有點不對吧？」我會非常感激。因為這個世界還有太多我所不知道的事。但是關於小說的故事走向或平衡感之類重要關鍵，還是只能靠自己思考。

——那是自己的領域。如果把那個話題延長，例如只要聽說村上先生出新作，還沒看到書就已經有幾十萬本的訂單。

村上　好像是。

——那是甚麼心情？您看過那部精采的電影《瘋狂麥斯：憤怒道》嗎……那裡面出現的不死老喬、乾涸的荒漠大地就像出版業界，出版社和讀者還有編輯蜂擁而至，然後您嘩地一下子倒下清水（笑）。我想大概是那種感覺。

村上　電影我看過但是我沒那麼厲害啦。不過那個數量超過十萬後，好像就都一樣了（笑）。

——超過十萬就都一樣？

村上　嗯。比方說神宮球場可以容納三萬多人。東京巨蛋大概是四萬五千人？如果去東京巨蛋，一看就知道四萬五千人大概差不多這麼多。會覺得「人可真多」或「大家都好閒」。可是如果超過十萬人，就算看了也會失去感覺。

——很不可思議對吧。東京巨蛋的演唱會，比方說保羅・麥卡尼的演出擠滿了人。就像佛像的螺髮，幾萬人全部擠來擠去擠成一團，已經無法分辨每一個人。可是，想到這樣才只有四萬五千人，十萬人果然更厲害——如果想像在場所有人手上都拿著一本書的話。

村上　結果，我當初並沒想到自己會成為小說家，也沒有特別想當小說家。應該說，我壓根沒想過那種念頭。可是機緣巧合下，自己成了小說家，這件事本身是第一個驚奇。然後，起初一邊開店做生意一邊把寫小說當副業，後來成了專業作家，那是第二個驚奇。我的書在國外也賣得很好是第三個驚奇，這種驚奇只是一個一個累積，感覺上，事到如今再去想甚麼也沒用。

——從起初的驚奇開始，那種驚奇逐漸累積就成了現在的您……那您會有「我也成了世界級作家！」的切身感受嗎？

村上　沒有。只是有時感到非常不可思議。我像普通人一樣走在住處附近的路上，搭乘地下鐵或公車，去商店買東西，並沒有特別意識甚麼的過日子，但有時會忽然感到不可思議。

——可是如果再進一步追問，回顧過去與現在，難道沒有「我果然很厲害，很特別」的心情？多少還是會有一點吧（笑）。

村上　不，真的沒有（笑）。上次我看了布魯斯．史普林斯汀的自傳《生來奔跑》，他在這點也跟我差不多。一直在自問「我為什麼會在這裡」。他現在只要辦演唱會，還是一樣有歌迷蜂擁而至。他跟我同齡，今年六十八歲了，可他至今還能在演唱會上精神抖擻地跳到人堆中玩人體衝浪（crown surfing）（笑）。「昔日走在紐澤西的冷清街頭時，無人理會我，女人也對我不屑一顧，曾經過著那種人生的我，為何現在變成這種世界英雄？」他從頭到尾都在這樣自問。那本自傳非常厚，但他那種想法一直持續到最後。我想那一定是他最真實的心情寫照，不只是對外界裝酷才這麼說。

——那種心情您也有？

村上　當然有。不過，我當然沒有史普林斯汀那麼偉大。

——會懷疑是不是哪裡搞錯了嗎？

村上　我不覺得是搞錯了（笑）。只是很不可思議。

——雖然不可思議，但是沒錯。這個很重要（笑）。那麼，覺得「真不可思議」的心情中，可有「來日方長，我的目標是要登頂」的想法？

村上　沒有。

——已經沒有雄心壯志了？

村上　沒有了。或者該說，打從一開始就沒有。

——剛踏入文壇時……啊，不過，您一直這樣吧。要把下一部作品寫好的心情更強烈，小說家就是這樣，的確不是唱高調。小說家的野心，可以說都用在那上面了。

村上　後來，有段時期我在日本遭到嚴重抨擊時，我心想只能去國外了，於是心一橫就出國了。

——那個時代對您的批評強烈到現在難以想像的地步……那麼，對於當時那些攻擊者，可有「喂，看到現在的我沒有？」的想法？

村上　嗯……現在沒有。

——有過一點點？這種很痛快的俯視對方……（笑）。

村上　不不不，當時或許的確有一點「那我偏要做給你們看」的想法，可是實際嘗試後，那種心情已經消失了（笑）。真的，已經失去了。因為不管我做甚麼或努力達成甚麼，不想看的人還是甚麼都不會看。只讓我徹底明白想那種念頭是浪費力氣。

——所以雖然本來就沒有勝負可言，到了某個點之後，「勝負場」本身就會消失了耶。

不過，那種東西對您一開始就沒有。

村上 是啊。無關贏了或輸了，自己能夠寫小說，某種程度上對那本小說滿意，就已經是任何東西都無可取代的幸福了，所以就算去計較數目也沒意思。能夠隨心所欲在想寫的時候寫我想寫的小說，並且可以賴以維生，光是這樣就很幸福了。因為通常這非常不容易做到。

我只不過是產業中負責生蛋的鵝

——話題稍微拉回來，您在日本時就各種意味而言漸漸待得很鬱悶，再加上又有各種考量，於是起意出國，這段插曲經常被談論。我想您可能也想換個環境集中心神。但在同時，您是否也懷抱某種願景，立志要像您喜歡的作家（例如：費茲傑羅、錢德勒）一樣成為超越語言障礙廣受全球讀者喜愛的小說家？

村上　沒有。應該說，我當時根本沒有餘裕去想那麼多。去義大利之前，奧夫瑞・奔鮑主動表示想翻譯我的小說，但那時，我認為就算翻譯我的小說也不可能被國外接受，所以感覺上頂多只是「好吧，你想譯就試試看吧」。

——是譯者主動提議？

村上　對對對。譯者主動找上門說想翻譯，就在我寫完《世界末日》之後。後來艾瑪・盧克加入「講談社國際部」（ＫＩ）當編輯，艾瑪和奧夫瑞合作，說要先英譯《聽風的歌》和《1973年的彈珠玩具》，出版英語文庫。

——起初是從ＫＩ開始啊。

村上　奧夫瑞・奔鮑譯了《聽風的歌》和《彈珠玩具》，之後又譯了短篇小說，結果賣給了《紐約客》，讓我大吃一驚。

——《紐約客》最先刊載的是哪一篇？

村上　是哪一篇來著……好像是〈睡〉？或是〈電視人〉？

——九〇年的〈電視人〉吧，我記得是。

村上　噢。那篇。賣給《紐約客》，我非常驚愕。因為那可是《紐約客》！《紐約客》是我個人非常喜歡的雜誌，竟然買了我的小說，我簡直難以置信。

——當時，您已經和文藝經紀人賓琪（阿曼達．厄文）合作了？

村上　不，還沒有遇到她。

——即便在日本也出現了類似的動向，比方說柴田老師的友人要將您的作品譯成英文。您的書迷有很多人都是從事翻譯相關工作，我聽說大家都想譯您的作品。

村上　結果，短篇小說賣給《紐約客》讓事情開始出現轉機，也順勢見到了賓琪，和Knopf出版公司也有了聯繫。當初我並非想在國外走紅才出國，只是很想離開日本而已，但我也沒有特別做甚麼，事物就這樣自然而然動了起來。

——在賣給《紐約客》之前，您的作品英譯版也在小眾文藝雜誌刊登過，但是能夠進入單行本市場，還是和刊登在《紐約客》有很大的關係。

村上　突破的契機的確是《紐約客》帶來的，《紐約客》的影響很大。當時的總編輯羅勃．蓋特立普，是接替威廉．尚恩的位子，他非常欣賞我，每次我去他們公司他都熱烈歡迎。還親自帶我參觀公司上下每個角落，這點令我印象深刻。後來《尋羊冒險記》推出，約翰．厄普戴克在《紐約客》寫了一篇關於我的超長評論，那次也很開心。因為我高中的時候看了他的小說《半人馬》很感動。後來還見過一面，可惜他現在已過世了。

——《尋羊》最初出版是……

村上　先是講談社旗下的KI出版。當時我住在羅馬，後來搬到普林斯頓，KI在美國出版我的書，《紐約客》也刊載了我的幾則短篇，我的名字漸漸為人所知，這時就有人把賓琪介紹給我。

——當時您已經在找經紀人？

村上　搬到美國後，我一直在找經紀人，也面試了幾個人，結果我最喜歡賓琪，況且大家都說她是最棒的文藝經紀人。也和Knopf出版公司的桑尼・梅塔和葛瑞・費斯克瓊當面談過，決定由他們公司出版。無論當時或現在，都是最佳工作陣容。

——嗯，了不起。

村上　與其說我自己四處奔走做了甚麼，多半是周遭的人主動幫助我。當時大概有那樣一股潮流吧。

——見過各種經紀人後，特別中意賓琪有甚麼原因嗎？

村上　原因啊……一方面是因為她說話非常乾脆俐落，但主要或許是因為她做過瑞蒙・卡佛的經紀人。算是所謂「卡佛集團」的一員，這點打從開始就讓我感到非常親切。

——之後您已和賓琪合作了二十五年。

村上　與其說是經紀人，現在感覺更像是「夥伴」（compadre）。

——你們也是同世代的人。

村上　我覺得美國，或者說外國的出版系統，比日本的更乾脆更好做事。

——為什麼有這種感覺？

村上　首先，有文藝經紀人，而且出版社編輯也擁有明確的地位。然後加上作家，三者讓事物運轉。在日本，出版社和作家的關係非常親密直接，而且是分別和好幾個出版社之間如此。那樣還是會累。再加上編輯本來也是公司職員，動不動就會調動部門。比方說長篇小說寫到一半忽然換編輯，那真的沒轍。在美國絕對不可能有這種情形，因為編輯比起公司職員更專業。在日本的出版社，公司內部的需求優先於和作家的關係。作家會很受不了。

——這種模式行之有年，就算在緊要關頭忽然換編輯，弄得手忙腳亂也只能無奈地接受現實。另一方面，日本也不願像美國那樣成立advance（預付版稅）的制度，所以先刊登在文藝雜誌取得稿費之後再出版，成為多數作家的重要程序。經紀人也很難正式成立，和編輯的關係因此變得格外重要。

不過，市場規模大到您這種地步後，想必也會有種種繁雜問題，但您還是可以專心執筆吧。這方面是如何兩者兼顧？

村上　身為一個獨立的作家，我按照自己喜歡的步調隨心所欲寫小說，但是就經濟系統的觀點看來，我只不過是製造「小說」這個包裝商品的一名生產者而已。換言之，我已經被納入「村上春樹產業」這個系統之中，有幾個助理，有出版社，有經紀人，有書店，有亞馬遜網站……變成這樣，不管喜不喜歡。到頭來，我只不過是「村上春樹產業」負責生產的一隻鵝。至於下的是金蛋、銀蛋、還是銅蛋，那就不知道了。這麼想或許會有點感傷。

——不過，會不會想放棄這全部，回到真正一個人的時候？也不是對一切都厭棄，只是想回到最早期那種不用付薪水給任何人，只要專心寫作就好的零的狀態？

村上　不，那只要等我的書賣不出去了立刻就能回到那種狀態。只要對助理說聲「書賣不掉了，不好意思」就此解散公司，不就可以回去一個人隨心所欲寫作了嗎？

——可是，您的書不可能賣不出去吧？恐怕到死都會持續這樣的環境。

村上　那可不一定。搞不好我哪天就老人失智。人生，一寸之外就是黑暗。

——那麼，身為「村上春樹產業」負責生蛋的超大型鵝，如果這本書賣得比上一本少，會震驚得嘎嘎叫嗎？

村上　不會，那是稀鬆平常之事。

——會不會給自己訂出一個賣多少本的容許範圍？沒有身為鵝的生產線標準嗎？

村上　沒有。

——小說的銷路就商品這個角度看來當然重要，但是身為小說家——說真的，其實別無所需吧，除了小說之外。

村上　甚麼都不需要。我喜歡寫小說，也很少出去玩。過著早睡早起的生活，幾乎完全沒有夜生活。為什麼能夠那樣過生活呢？因為我可以寫小說。某種程度上我可以成功寫出小說，客觀看來這世間小說比我寫得好的人也不多。

——這句話說得好，「比我寫得好的傢伙不多」！

村上　這不是炫耀，但我想真的不多吧。因為我好歹是寫作的專家。在第一線專業工作了將近四十年，作品也有一定的銷路，況且我認為自己的寫作技巧也不賴。所以，寫小說很快樂。想到比我更會寫的人可能不多，寫起來很開心。比方說性交也不錯，但比我更擅長性交的人，這世間想必多得數不完（笑）。當然我並沒有親眼見過。

——原、原來如此……（笑）。但是小說不一樣。

村上　小說不一樣。我可以感到這方面只有我做得到，可以對讀者說「怎樣，不會害你吧」。這種感覺沒有任何東西能夠取代（笑）。

——哲學家明顯也是這樣。在成立問題的階段固然如此，針對某個命題能夠思考到這個地步的只有自己，有這種自負。如果沒有那種自己肯定已跨越過去的學說提出嶄新想法的「成就感」與「自信感」，就無法進行那種知性作業。我想那是巨大的動力。

村上　所以，根本沒時間去想多餘的事情。總之現在是基於愛好當小說家，所以就繼續做下去吧。如果銷路不好就銷路不好沒關係，或者如果寫不出小說了，就立刻關門歇業，去青山那一帶開一間爵士樂酒吧。反正那也是我想做的事情。

您認爲死了之後會怎樣

——說到這裡，村上先生，您可曾有過想死的念頭？

村上　沒有。

——一次也沒有？

村上　應該沒有。

——青春期的時候也沒有？

村上　說來丟人，還真沒有（笑）。

——就算沒想過自殺，我認為您應該也有接近死亡的時期吧，無論是實際上，或觀念上。對於死亡，甚至對於自己遲早必然會死，「這個」將要結束的事實，您有甚麼想法嗎？就算只有恐懼也行。

村上　不，我還沒經歷死亡，所以雖然想過那會是怎樣，但對於死亡並沒有那麼深入思考。

——沒甚麼興趣嗎？

村上　我父親已過世，母親年紀也很大了，但是看著所謂的死亡，祖父祖母那個時代的死，並沒有甚麼切身之感。頂多只覺得「啊，人都會死」，但是看著自己父母那個世代結束人生，感覺就滿深刻的。會感到死亡原來是這樣。因為還記得父母年輕健康時的樣子，所以親眼目睹他們漸漸年老失去力氣，最後步向死亡，還是不免有些想法。所以，當然不是沒思考過死亡，但在活著時，只能盡力把握人生好好生活。

這是我現在的想法。我個人就是活著，並且能寫多少小說就寫多少。講到這裡，我又想說一下布魯斯．史普林斯汀，他和我同年。另外，以前我去看帕蒂．史密斯（Patti Smith）的舞台表演，後來一起吃飯，她年紀比我還大。但他們那種人，精神年齡大概才三十幾歲。絕對不會說「我已經六十八了」或「我已經七十歲了」這種話，也不會讓別人有這種感覺。當然應該不是故意裝年輕，但他們的說話、感覺、想做的事，好像都才三十幾歲。

——您能夠體會？

村上　可以體會，非常能體會。會覺得，啊，也有這樣的人。沒必要刻意裝嫩，對事物的看法或想法如果是三十幾歲的狀態，那也沒甚麼不好。如果失去那種活力，漸漸步向死亡一定很痛苦，但在尚未失去的時候，或許沒必要想得那麼深刻吧。當然不可能永遠保持這種狀態，但是盡量吧。

——因為令尊令堂是您來到人間最先見到的人，也是一起生活最久的對象嘛。

村上　例如小時候，父母四十幾歲時就感覺他們已經是非常成熟的大人了。

——是啊。

村上　可是等到自己也四十幾歲了，會覺得「搞甚麼，原來他們當時也才這種程度啊」。

——比方說我媽，在我現在這個年紀——四十歲的時候女兒就二十歲了，而且已經生了三個小孩，真的會很驚訝。

村上　會覺得早知如此當時不該那麼聽話，應該更叛逆才對。當然這是現在才覺得啦（笑）。

——您的父母漸漸年邁，步向某個點。您等於是從父母身上學習，或者說觀察這樣的衰老。但除此之外，比方說朋友可能也有突發性的死亡。那樣的死亡，還是有所不同嗎？

村上　嗯，同輩人的死還是截然不同。和我到目前為止經歷的衰老而死，也就是所謂的自然死亡，是完全不同的種類。尤其是年輕人，觀念性的色彩非常濃厚。多半會在之後留下血淋淋的傷痕。就像樹木被硬生生撕裂。

——您現在活著，所以活著的時候先想活著時的事情就好？

村上　是的。一方面也是因為還沒空去思索死亡，況且多少也覺得應該連同世代先死的人的份一起好好活下去。總之是站在一個還活著的人的立場。

——我們對於死亡，一直是觀察者。有生之年絕對無法親身經驗。所有的人現在都在分分秒秒老去，但在此刻老去的同時——這樣說或許很矛盾，此刻也是嶄新的，只有

「此刻」存在。所以，就這個意義而言，自己死後事物就不存在了，但您會想像關於死亡的種種嗎？比方說死後的世界。

村上　我只擔心這架上塞滿的唱片怎麼辦（笑）。

——數量很驚人耶（笑）。您本來就不相信超自然的東西，基本上算是死了就萬事皆休嗎？

村上　我個人是這樣。但我還沒死過，說不定真的去了天上有甚麼法庭，搞不好會被抓去審判。

——法庭（笑）！

村上　法庭上有人讀出我一生做過的好事，有人讀出我做過的壞事，讀壞事的人數如果比較多，一定會很尷尬吧。

——不過，基本上應該不會有那種事吧。

村上　基本上，死就是無。但是，純粹的無到底是怎樣我也沒見過。

——對，誰也不知道純粹的無。所以也有人認為思考死亡這本身就很荒謬，但是人確實會死。不知那時會是怎樣。

村上　不過，真的死了之後，如果發現死就像是新幹線永遠卡在岐阜羽島和米原之間，那就頭大了。沒有車站，也離不開，永遠沒有修復的希望（笑）。

——那簡直糟透了（笑）。

村上　車上的廁所大排長龍，也沒有便當可買，空調不管用，iPhone的電池沒電了，手邊的書全都看完了，只剩下「一段空白時間」，光用想的就受不了。

——沒關係，還有《WEDGE》⑦（笑）。不過，您剛才說死了擔心唱片怎麼辦，這個想法相當具體呢，但您得過許多文學獎對吧？比方說如果有個「村上春樹獎」，您覺得如何？

村上　我對那種東西毫無興趣。

——後人成立那種獎項可以嗎？

村上　我不要。

——好的，那我會特別註明您「不要」（笑）。

村上　請妳這麼寫下來。拜託絕對不要辦甚麼冠上我的名字的獎項。基本上光是想到誰來當評審……不，還是別說這個話題了（笑）。如果是給獎學金，那我還樂於從命，

⑦《WEDGE》：JR東海道集團出版的雜誌，在東海道・山陽新幹線商務車廂免費贈閱。

唯獨甚麼獎項千萬不要。

——既然是您本人的意願應該沒問題，不過，身為超會下蛋的鵝，應該還有很多其他必須思考的問題吧……實際上會牽涉到金錢，也牽涉到人。

村上　嗯。所以我的書賣了幾十萬本云云，關於那種實際的影響如何如何，我認為那是「村上春樹產業」的問題，不是鵝個人的問題。鵝只是獨自默默工作，待在和產業有段距離的其他建築物中。

——原本搞個體戶的人，隨著工作規模越來越大，自己已經無法全盤管理，只好成立事務所或者雇用經紀人。我周遭也有很多這樣的例子。當然，以您的情況在資金方面或許不必擔心，但我曾問過這些個體戶，「不會害怕嗎？不會變成為了賺錢維持事務所之類的下層構造而創作嗎？」結果，大家的回答都跟您一樣：「如果撐不下去了，只要說聲『解散！』就好，所以甚麼都不擔心。」

村上　真的就是這樣，就連日產、夏普、東芝、雷曼兄弟或山一證券都會破產，所以「村上春樹產業」就算有一天宣告倒閉也不足為奇。反倒是可以這樣維持將近四十年或許才稀奇。

文字會自己向前走

——話說回來，今天是訪談最後一天，請教了您各種問題，比方說剛才說的對死亡的恐懼。活著，和死亡的彼端，兩個世界的存在方式，我在想，說不定和這次小說的「idea」和「metaphor」也有關係。

這次出現「idea」和「metaphor」這二個名詞，成為非常重要的概念。至於「idea」和「metaphor」究竟是甚麼，雙重隱喻又是甚麼……這個您也不知道。這點我已經非常清楚了，但我還想針對那方面再請教一下。

您前面提到，「idea」這個名詞忽然在您腦海冒出，於是您就用了這個名詞。但這個名詞被使用得很普遍，就某種意味而言，也可稱為「既成概念」。如果想避免這個名詞造成的誤解，比方說我認為您也可以自造新詞。可您卻還是用了idea這個字，或者說，腦海忽然冒出這個名詞就用了它，這是為什麼呢？

村上　如我前面所說，我在這本書中用的「idea」，和字典定義的idea大不相同。如果把這個名詞往天上一拋，會咻咻咻地沾上空中的各種東西，那種沾附方式，會隨著拋擲的人而有所不同。而我，用的是更容易沾附更多形形色色的東西、更寬容、更有世代意味的idea。所以，那和妳翻開字典查閱「〔idea〕觀念」云云的意義不同，它的確是觀念性的東西沒錯，但它具有非常廣泛的可動域。就算我另造一個新名詞來取代它，那個可動域的意味也會衰減。所以我想用idea這個隨處可見的既成名詞，甚至可以說已經沾滿手垢的名詞，當作一種工具。因為我覺得那樣反而可以更自由。

「metaphor」也一樣。不只是它本來代表的「隱喻」這個意義，我希望讀者可以把它視為更廣泛的、擁有磁力的某種東西，只要把它當成具備那種吸引力的東西就好。所以，對我而言那個名詞也是自然而然就出現了。比方說騎士團長說，「我是Idea。」長臉的說，「我是Metaphor。」這種類似自我申告的身分，想必和一般所謂的idea及metaphor有相當大的差別。

——雖然不是一般定義的「idea」與「metaphor」，但那個名詞擁有的意象某部分，還是需要某種意味的豐富。不過，小說中出現的騎士團長與長臉的存在方式，的確是截然不同。

村上　大概不一樣吧。但我也不是很清楚（笑）。

——長臉的不會自稱是Idea。

村上　它不會。

——騎士團長也不會自稱Metaphor。

村上　不會。

——就那個意味而言是不同的存在。這當然是我個人的感覺啦，Idea好像可以無限存在於每個地方，而Metaphor好像比較受到限制，有所拘束。

村上　是啊。根據「長臉的」本人的說法，Metaphor只能存在關聯性之中。相較之下Idea與關聯性無關，作為一個獨立的個體哪都能夠存在。所以「長臉的」才會謙遜地說Metaphor是略低於Idea的存在。

——雙重Metaphor就如字面所示是雙重的。

村上　嗯……到底是怎樣我也幾乎一無所知（笑）。雖然不大清楚，但是相當危險，不能那麼輕易處理。

——可是，他們同在一幅畫中。

村上　是的。

——metaphor與idea。故事會觸及那個。

村上　雙重隱喻好像就在metaphor的腳下。關於那方面，我也無法妥切說明。我和「長臉的」一樣，對艱深的事物不大了解（笑）。

——不過，您說的那種「不大了解」的感覺，對於正在寫作時的您而言非常有真實感吧？

村上　嗯。所以，idea和metaphor或雙重隱喻這種「用語」輕易就出現了，由於出現得太簡單，老實說我甚至沒想過那到底是甚麼（笑）。寫小說時，經常有這種情形。自己雖然很確信，但是那個確信毫無根據（笑）。

——那是您想導引讀者換個方向解讀或者想激發更多讀者過度解讀的意圖嗎？寫作者本人也不知道在寫甚麼，這是村上作品共通的高層次構造。您是有意遵循那個規則嗎？

村上　和那個無關。我只是想到一個名詞，然後那個名詞自行行走，我只是寫出它，都是靠它自己走，所以我也無話可說。也不可能喊住自行行走的名詞，說甚麼「請問你接下來要去哪裡？」或「吃過飯了嗎？」

——比方說《海邊的卡夫卡》出現的metaphor。就是在說到「世界是隱喻（metaphor）」時使用的metaphor。

村上　啊，我有寫過那種事？

——對，是大島說的。那句話，即便在現實世界也無法否定吧。真正的世界在彼方，我們此刻目睹的只是某種東西的投影、預兆、隱喻，這個故事還滿多人相信的。那也是隱喻，這也是隱喻……對於相信的人而言就會成立。比方說，您在《海邊的卡夫卡》中使用的metaphor，和這次作品使用的metaphor，有差異嗎？

村上　有。

——這是重要的意見。

村上　只要把那當成部族的名稱就好。

——部族的名稱？

村上　如果想像有個部族叫做「idea」，有個部族叫做「metaphor」，應該會更容易理解吧。或者假設有「idea團」、「metaphor團」，那些人就是這樣稱呼自己，如果問，那真的是idea嗎？真的是metaphor嗎？這我不清楚。只是，當事人是這麼自稱的，我也沒辦法吧（笑）——我們是「idea團」「metaphor團」的團員，還請多多指教——這麼想或許比較好吧。

——不管怎樣還是會過度解讀耶。總之您的小說有許多人都會自己穿鑿附會。

村上　好像是。

——反過來說，也可以說您的作品同時也具備了不過度解讀就不成立的構造。身為作者，會感到很欣慰嗎？

村上　我也不知道。那純粹是讀者的自由，對此我無權置喙。

——會有那種「作品、作者搞得越複雜越有深度，很好，繼續加油」的心情嗎？

村上　我是覺得，就算不說明，就包裝而言也已成立，所以犯不著特地拆開來一一解釋吧。但是想必也有人就是靠分析評論混飯吃，大概也有人的嗜好是那個，所以我想用不著我多說，但是沒必要說明的東西偏要去說明，恐怕是徒勞無益吧。

——即便在小說這種知性行為也是？換言之，過度解讀與批評或許又是另一回事，但所謂批評的態度毫無必要嗎？

村上　是啊。用音樂舉例最易懂，假設要聽貝多芬的鋼琴奏鳴曲第三十二號第二樂章。縱使沒有任何說明也是美好的音樂，只要聽了就明白。可是樂評家偏要一一說明。比方說（這純粹只是打個比方）「貝多芬的觀念性到達某個高度，透澈的清明與些微的諧謔混合，那顯然是……」加上這樣的說明。其實就算不那樣說明，音樂也能成立，可是偏偏要多費唇舌說明。因為藝術文本不管是怎樣的文本，都無法抹消那是商品的事實，而且具有「能夠被說明」的一面。對於不需要那種東西的人而言，那是累贅，卻又無法排除，也無權排除。但我個人是對那種沒甚麼興趣。

比眞正的炸牡蠣更誘人

——這樣嗎。比方說您在《給年輕讀者的短篇小說導讀》中看了一些書對吧，並且指出每部作品的構造，展開鮮明的解讀。那對讀者而言，還是非常有意義。想必對您自己也是。

您一直迴避給出「這本小說其實是這樣」這種正確解答，只用「也可以這樣讀喔」這種說法。立足於「下次閱讀時不見得如此」這種柔軟性上，慎重表達出「純粹只是我個人這樣讀」的意見。如您在書中所言，那或許不是批評或評論。但是，在呈現出一種文本可能性的行為上，我認為並未偏離。不過，您有時會選擇「那種東西毫無必要」的立場。

村上　我在《短篇小說導讀》做的，結果只是一種「技藝」。是我看了這樣的書，認為可以用這種方式閱讀，於是透過文章來……

——公開表達。

村上　對，公開表達。所以，那與其稱為評論，毋寧更近似文章技藝。以文本為基礎，訴說我自己的存在方式。

——那麼，書中寫的，在您自己看來是文章嗎？

村上　純粹以我的文章為主。把閱讀小說的行為文章化。確認能夠文章化到甚麼地步。

——不是評論，是在寫文章。

村上　嗯。所以，我在那本書中並未做出任何結論。就只是在說「也有這樣的看法，我是這麼看的，這麼看也很有趣喔」，那與其稱為批評或評論，毋寧是一種意見陳述。

——想必許多評論家或批評家也都脫離不了那個。無論是對構造的指摘或主題的指摘，藉由「如果是自己可能會這樣解讀這部作品」的這種替換，我認為基本上多少還是有公開展露技巧的意識。

村上　可是，小說家寫那種東西，和評論家做評論，終究是有點不同的兩回事。

——感覺不一樣嗎？

村上　簡而言之，我想在那本《短篇小說導讀》做的，是展現「事物的看法」的一個樣本。讀小說時，有那種讀法，也有這種讀法……只是呈現出這種複數的觀點，並不是要教別人小說應該怎麼讀。這本書本來就是根據我在美國大學的講義彙集而成。換言之「我是這樣看這部作品、這樣認為，我也想聽聽各位的意見」，等於是拋磚引玉。實際上大家後來也展開了相當熱鬧的討論，那樣相當有意思。因為美國的大學上課很活潑，不過總之那並非評論。因為我對閱讀追求的，是卸下「某某主義」那種理論武裝的自由。

——當然批評也是在閱讀的自由為前提下才可能成立，但您所謂的自由，是作為目的的自由，是形成過程的自由，對吧？

村上　我也滿喜歡寫音樂。不是去評論，只是寫我聽音樂的喜悅。如何用文章表達音樂非常困難，但是可以訓練自己寫文章。算是技藝嗎……我很喜歡磨練那種技藝。比方說舒伯特的長調鋼琴奏鳴曲作品D八五〇該如何置換成文章。那就和寫炸牡蠣一樣困難。

——出現了！炸牡蠣（笑）。

村上　炸牡蠣有多麼美味，油炸的時候劈啪作響的聲音聽起來是多麼誘人，我喜歡用文章描寫這些，我不會說甚麼「炸牡蠣對吧，自己去油炸看看就知道了嘛」。我會盡量用文章描寫得生動逼真。因為那對我來說是寫好文章的重要訓練。

——而且，「用文章」創造出那種「炸牡蠣感」——油炸牡蠣的實感，您說那很重要。

村上　對對對。總之我特別喜歡看了那篇文章就忽然好想吃炸牡蠣，或者看了那篇文章就忽然特別想喝啤酒的那種物理反應。而且我強烈渴望能精益求精地磨練這種技術。總之我想在讀者心中埋入物理性的欲求不滿。要讓讀者覺得「啊，無法按捺吃炸牡蠣的欲望！」難以忍耐。我個人比較喜歡那樣的文章。

——那時會想超越現實的炸牡蠣嗎？

村上　是啊。電視上不是會播映香噴噴炸得滋滋響的畫面嗎？不是那樣，我想寫的是只看字面就能讓人好想吃炸牡蠣的文章。

——有超越炸牡蠣的意志。

村上　嗯，我想比現實的炸牡蠣更能勾得讀者食指大動。

——我懂。因為那是文章純粹的魅力。

村上　對。所以，我寫那本《短篇小說導讀》，也希望讀者看了就想把書中提到的作品找來看一看。

——許多評論家，會替作品創造另一種構造，用自己的技術和解讀方式。那種能力變成一種立場正確的自傲。可是您在《短篇小說導讀》做的，是如何用文章表達您在那部作品看到的優點，畢竟還是有「希望讀者閱讀文章本身」的動機。不能套用到那個解讀是否錯誤、邏輯是否有破綻、哪種論點更強勢這種一般批評的評價。

村上　我倒覺得「我是這麼認為，各位有何意見？」這種班級內部討論的氛圍更強烈。另外，坦白講我不太想寫自己討厭的、不喜歡的東西。我只想盡量寫基於「這個很好喔。因為這個地方有這種優點」這種心情出發的文章。

——這點和一般評論不同呢。

村上　不同，這點不同。所以，我向來不寫書評或影評。因為我只想寫自己真正喜歡的作品。

——那麼，您認為是否必須論及無關喜歡與否，純粹評價過低的作品？

村上　對，那當然。不過，那需要比方說幽默感。或者說是寬恕感，必須有可以四兩撥千斤錯身避開的餘裕，不能肩膀直接狠狠撞上去。

——那也是「文章」收斂的問題吧。

村上　嗯，沒錯。

好的故事，在久遠的洞窟中相連

——說到這裡，這次訪談也將接近尾聲了，第一次訪談時，曾經請教您關於村上作品的「惡」——當然惡本身可以說不存在，談到了關於「貌似邪惡者的存在方式」及其變遷。最後，我想請您再談一談「惡」。

比方說寫到「惡」的東西時，會思考自己此時此刻寫的「惡」到底有多麼「邪惡」嗎？或者，會意識到這是過去從未描寫過的惡的形式嗎？

過去世界各地有許多作家書寫「惡」。文學中的「惡」，我認為向來有種追求最高型態的原則。換言之，「惡」被書寫時，「惡」追求的是最邪惡的「惡」。那是「善」所沒有的「惡」的魅力。耐人尋味的是，「善」沒有那種志向性，可是美好像有（當然這只是我個人的看法），撇開那個不談，我們之所以想見識、想描寫誰也沒見過、從未存在過的最邪惡的「惡」，我認為在意識深層或許和我們隱藏的欲望及暴力性有關聯。所以，當您感到自己在寫「惡」的東西時，可曾意識到那到底有多邪惡？是否更新了過去文學或您自身作品中的「惡」？請您就這方面談談。

村上　我還沒寫過純粹意義上的「惡」，大概也不會想寫，所以那是怎麼回事我沒認真想過。不過目前我認為最大的「惡」，還是系統吧。

——您認為的「惡」，就是系統？

村上　說得更明白的話，是國家、社會或制度這種堅固僵硬的系統無可避免會釀成、萃取出的「惡」。當然我並不是說所有的系統都是「惡」或系統萃取物一定都是「惡」。其中當然也有許多良善的事物。但正如一切事物皆有影子，任何國家與社會必然有「惡」纏繞，它也潛藏於教育系統和宗教系統中。那種「惡」實際上傷害了許多人，甚至可能害死人。我是極端的個人主義者，所以對這種系統的「惡」非常敏感。我雖想更加描寫那種東西的存在，但寫那個無論如何都容易變成政治訊息，唯獨那點我想盡量避免。因為那不是我期望發出的訊息。

——比方說剛才也談到獎項，每年諾貝爾文學獎都會提到您耶。大家越來越激動，我想您大概每年都很煩。這種議論或話題的走向，導致也有人提出日本作家應該更全面書寫政治性的議題。

村上　噢，真的？

——對，關於您，有人認為「如果村上春樹想拿諾貝爾獎，就必須明確書寫政治性的議題」。他們認為因為獎項本身基本上具備那種性質。撇開諾貝爾獎先不提，正如剛才也提到的，有人認為作家就算不寫政治性議題，也該用真實事件或社會問題當題材來寫小說。好像覺得小說家拿想像力當藉口，其實只是躲在安全地帶寫自己的感覺，走那種溫吞路線罷了。當然您擁有極大的影響力，但和所謂的政治性還是有一線之隔吧。您覺得絕對不能變成政治訊息。

村上　但我寫的東西，我自己認為還滿政治性的。

——當然也可以這麼解讀。但那純粹被放進多重的隱喻中。如果想那樣解讀當然沒問題。比方說這次這本書中，您就提到了納粹德國和南京大屠殺。但提出「村上春樹如果想拿諾貝爾獎」的那些人所謂的政治性，大概是認為以現在的日本作家而言應該寫東日本大地震或核電廠事故，或者非常直接地處理恐怖攻擊之類的議題。您並沒有特別的意願想把社會發生的重大案件及問題直接當作小說題材？

村上　沒有。

——那是為了小說好？或者是您本身沒有意願？

村上　就算要寫那種東西，我也不想直接放進虛擬小說中。只不過是當作真實的訊息這種形式。我比較想把很多事靜置一段時間，隔著一段距離去看，用那樣的觀點重新審視此時此刻的社會百態。

——即便回顧過去的問題，也不是要寫實際上的事情，純粹是沉潛在小說中吧？

村上　對，那是我的基本小說觀。

——在以前的訪談中，我記得您曾用「硬著陸」和「軟著陸」來答覆？

村上　好像是說過。

——您說對於地震或社會情勢這種硬體現實，我們小說家能做的不多。小說能扮演的角色是「軟著陸」，那無法具體說明。重要的是，不要用硬邦邦的方式處理硬邦邦的東西，應該用給透明人穿外套的方式去看清問題的輪廓。

村上　是啊。雖然是自己講過的話，但我想那大概是正確的意見。我曾徹底採訪地下鐵沙林事件，費了一年的功夫採訪，結果我發現那只能寫成報導文學。

——當時您不想用事件本身寫小說嗎？

村上　完全不想。

——為什麼？

村上　我無法說明原因，但我本能地認為，不要寫成小說會寫得更順利。所以，真的是保留那個形狀，未加任何解釋，只是不斷累積被害者的訪談紀錄。我認為那樣應該就能道盡我想說的一切了。雖然沒有刻意加上自己的說法和解釋，但對身為小說家的我比甚麼都有意義。如果插入自己的說法，會變得有點虛假，我是那樣覺得。小說當然是捏造的，但我不想說謊。幾乎完全沒加入我個人對被害者發言的回應，那本書雖然被強烈批判「缺乏主體性」，但我認為我做的沒錯。

不過，我透過那本書的採訪學到的東西，後來被我悄悄融入各種小說中。那才真的是使用了雙重、三重隱喻或置換成別種形式，所以他人或許看不出來，但我藉此沉潛出的故事，就各種角度而言都成了我的小說的動力。

——它可以在您心中言語化？

村上　某種程度上可以。

——可是，您刻意不讓它全部言語化。

村上　嗯。如果舉個具體的例子，〈青蛙老弟，救東京〉（收錄於二〇〇〇年出版的《神的孩子都在跳舞》）中，有人任職於信用金庫對吧。那個被流氓攻擊的人。

——片桐先生。

村上　對。那個人，就是用我採訪沙林毒氣事件某個被害者的一部分作為藍本。他告訴我很多事發當時的情形、工作的事、自己的生活等等。後來我聽錄音帶抄寫採訪內容後，拿給他過目，他說「這樣不大好，我不希望被寫在書中」。雖然我極力說服他「能否再考慮看看」，但他還是堅持不肯。最後無法刊載於書中。〈青蛙老弟，救東京〉就是以他說的某些話當作素材。不過，情節已經變得截然不同了。畢竟那可是有青蛙老弟出現的故事。

——用只有您知道的精髓，讓虛擬和紀實文學互相呼應。

村上　如果一度沉潛自己心中，以改變的形式作為小說一部分，就可以把現實事物帶入虛擬小說，但要我直接帶入真實訊息我做不到，也不想那樣做。哪怕可以得到全世界的文學獎也不幹（笑）。

——那堪稱村上春樹這個作家的一種倫理吧。

村上　到頭來，用直接的形式寫進小說，不管動機是甚麼，都等於為了小說利用事件當事人。我不想用小說的形式那樣直接利用不幸的受害者們。這點不只是針對那種重大事件，在日常生活中也一樣。

——也有些作家可以把重大案件及事件寫進自己的小說中。作家想達到的目的只有作家自己看得見，所以當然不能一概而論，至少對村上春樹這個作家而言，這麼做會有「利用」的感覺。您無法把時事性的、真實的事件，或者真的流過血的案件、悲傷或憤恨這些東西利用在自己的小說上。

村上　如果真要做，毋寧用在演講中比較好。我希望用自己實際發聲的演說，對著眼前的人們直接訴說，我想痛快做聲明。因為那樣我比較好負起責任。過去獲得耶路撒冷獎、巴塞隆納的加泰隆尼亞國際獎、柏林的維特文學獎時，我自認為都是發出了當代的政治性訊息。當然也有反對的聲浪，但會接受的人就會接受。他們覺得我「講得很好」。

但我還是會有無力感。不管我講甚麼，都不可能改變社會，反而好像越來越糟。看著這種情形，我想我好像只能寫小說了。即使我具體做出政治發言，持反對意見的人八成也會立刻駁斥吧，比如說在推特上貼文。與其被捲入這種次元毫無發展性的無聊爭端，我寧可放下爭論，用自己的小說、故事去正面迎擊。我只會採取和推特或臉書正好相反的方法。

——您認為小說家已無暇去管那邊。

村上　那純粹是浪費精力。

——我們要把精力拿來寫小說。人們看了寫出來的故事，雖然那無法立刻當成訊息傳達給眾人，但那是戰鬥方式的不同，會感到那也是一種戰鬥。

村上　是啊。以南京大屠殺的問題為例，否定者已有事先設定好的問答集。當你這樣說，對方就這樣反駁。當你那樣反駁，這次他又會繼續那樣駁斥。等於已經設定好模式了，就跟功夫電影的套招一樣。可是如果置換成小說這個容器，便可超越那個設定好的問答集。對方也難以有效反駁。對於故事，或者對於概念與隱喻，因為不清楚該如何反駁，所以只能站在遠處亂吠。就此意味而言，故事在這種時代反而擁有強韌的力量。或者該稱為前近代的強大？如果它夠強，是「善的故事」的話。

——前近代的強大。故事能夠免除於那個嗎？

村上　該說是免除嗎，總之如果不能超越它就沒有故事的力量。

——您創出作為「善的故事」的小說，被廣大讀者閱讀後——雖非「大象重返平原⑧」，但迎戰各種邪惡事物及「惡」的連結，或許能做為某種力量而存在。現實，就是大家各自帶來的故事的累積——或者也可說是因集體無意識的爭奪而成立。

村上　邪惡故事的典型之一，就是麻原彰晃展開的故事。

⑧村上春樹在《聽風的歌》提及期待大象重返平原，「到那時，大象將會重返平原，而我將用更為美妙的語言描述這個世界。」

——是。

村上　把人誘進完全封閉的場所，在那裡徹底洗腦，最後還唆使那些人去殺害不特定的大眾。在那裡發揮機能的，是採取最糟形式的邪惡故事。作家必須創作的不是那種迴路閉鎖的惡意故事，應該是更廣泛開放的故事。不是把人關起來榨取甚麼，必須是向世界提示、提案一個互相接納，互相給予的狀況。我寫《地下鐵事件》做採訪，非常強烈地感到這點。有切身之痛。這種局面太糟糕了。

——開放的故事。

村上　這種故事的「善性」的根據是甚麼呢？簡而言之是歷史的重量。打從幾萬年前人們就在洞窟中口耳相傳的故事與神話，這些東西迄今仍在我們心中持續。那是「善的故事」的土壤，是基盤，成了健全的重量。我們必須信賴那個。那是具有強度與重量足已承受漫長光陰的故事。它和久遠的洞窟緊密相連。

——您不覺得神話與歷史的重量本身已變得無效嗎，村上先生？我是說，他們保證的善性本身。

村上　完全不會。

——起碼會感到尚未開始吧？

村上　應該說，事實上一直持續到現在，不曾中斷。在人類歷史中，故事的系譜不曾中斷過。就我所知，一次也沒有。所以，比方說法蘭索瓦・楚浮導演的《華氏四五一度》吧，雷・布萊伯利原著改編的那個。就算把書都燒了，把作家都活埋了，把看書的人全都送進監獄，摧毀教育系統不教小孩認字，人們還是會躲在森林深處繼續講故事。只要那是善的故事就行了。

——即使沒有紙張，只要那是善的故事便可繼續流傳。

村上　就算沒有了紙張，人們也會繼續傳說。臉書或推特的歷史，好像還不到十年吧？

——雖不知今後會如何變化或持續多久，但目前是這樣。

村上　相較之下，故事大概已持續了四、五萬年之久，底蘊全然不同。所以毫無所懼。故事不會那樣輕易就死掉。

——就此意味而言，您相信「善的故事」的力量，而且它已儼然存於那裡。

村上　嗯，我還想繼續大聲講自己的故事。如果不嫌棄的話請到我的洞窟坐坐。火堆正熊熊燃燒，還有烤焦的野鼠肉（笑）。

——好了，那我們也該做結語了。經過三次……不，是更多，加上《MONKEY》總共是四次會晤，針對您的小說及您自身做了訪談，但我在準備階段預備的資料……基本上幾乎都沒派上用場（笑）。因為「這個其實是這個意思，那個是這個象徵」這種就某種角度而言常識性的「解讀」方式，碰上和您談小說，幾乎都用不上。不信您看看我的筆記本……年表當然不用說，我還編列了與社會歷年大事對照的相關表，甚至連〈刺殺騎士團長〉的圖都畫下來了……我當時一邊做圖表，一邊就覺得這或許毫無意義，不過老實說，我沒想到會無意義到這種地步（笑）。不過，開頭說「歡迎一起進入井中」的心情或者說方法，還是依然不變，我也見到了只有在對話才能見到的東西，我個人認為得以經歷了一趟井中體驗。或許您也有那樣一兩次，在瞬間體驗到「啊，我原先都沒發現到那個」……。

村上　怎麼好像在上廣播節目（笑）。

——（笑）……我深深期盼能見到您上節目。不過，仔細想想採訪真是不可思議的行為耶。人們遇上採訪就會回答，而且大家說的好像都是真話喔。人們認為被採訪的人就該誠實回答，也的確如實回答。好像基本上認為採訪就會說真話，可是明明無人可以保證。就算滿口謊言其實也沒關係。

村上　我可沒說謊。但或許會無意識的捏造。

——我當然不是懷疑您說謊（笑），該怎麼說呢，對於您的答覆，想必有人認為話中有話，大概也有很多人和我聽到的感受不同。所以，在結束訪談的同時，我也期盼這次訪談不會就此終了，最好還能扮演通往今後村上作品的「管道」。

村上　不過，我有時會想，不經意看到我以前接受的採訪時，原來我講的話和現在完全一樣。我說的是大約三十年前的採訪。

——真的？

村上　人家問甚麼我就回答甚麼，沒問到的就不回答，所以當然每次說的還是會略有不同，不過，我想表達的幾乎都一樣。我也不清楚這樣是好是壞，不過，我想這就是我吧。

不過話說回來，這次真的是很驚人的訪談呢（笑）。搞不好接下來二年甚麼話都不用說了。

——那麼，二年後請務必再給我機會訪談（笑）。這次真的非常謝謝您。

（二〇一七年二月二日　於村上春樹自宅）

訪談後記——

村上春樹

「只有無聊又無趣的答覆實在很抱歉，但是對於無聊又無趣的問題我只能這麼回答。」這是海明威在某次訪談的說法。我在這些年的作家生活中也經歷過不在少數的訪談，多次面臨忍不住想說這句話的局面（有禮貌的我當然沒有真的這樣說出口）。

但這次，與川上未映子小姐做了總計四次的訪談，老實說，她一次也沒讓我產生過那種念頭。甚至該說，她不斷丟出新鮮又尖銳（某些場合甚且異樣切實）的問題，讓我經常不由自主冒冷汗。各位讀者看了本書，或許也能切身感受到那種「連珠炮似的臨場感」。

我素來不太喜歡和作家同行對談。剛成為作家時做過幾次，但很快就敬謝不敏。不過我認為用訪談的方式和其他作家對話相當不壞。無論是採訪別人，或者被別人採訪，我認為只要對象對了，應該都會是讓人興味盎然的內容。因為在採訪這種形式，採訪者的責任和被採訪者的責任劃分得相當明確。我喜歡那種光明磊落。

二○一五年七月，應《MONKEY》之請，以《身為職業小說家》這本書為主，我接受了川上小姐的長篇訪談，當時我強烈感到「還想和這個人多聊一會」。因為她毫不避諱地正面提出和我過去見過的採訪者截然不同的問題。而且絕不退縮地從各種角度反覆提出同一個問題，直到她自己滿意為止。在一一回答那些問題的過程中，我也得以在自己內心發現了過去自己壓根沒想過的意義與風景。

所以作為那次訪談的續集，當主辦者問我要不要繼續接受她的採訪，甚至可以整理成一本書出版時，我認為那或許是有趣的主意。但我當時正好在寫《刺殺騎士團長》，所以暫時保留這個提議未做答覆。等我終於寫完小說時，我才回覆對方「如果現在還可以的話——」。因為我個人很好奇，如果針對《刺殺騎士團長》這部作品長談一番，會變成甚麼樣的訪談。

至於結果如何？

我只能帶著嘆息說，「根本沒有時間去無聊。」不不不，完全沒有那種閒工夫去無聊喔，海明威先生。

AIP0985

貓頭鷹在黃昏飛翔

作　者—川上未映子、村上春樹
譯　者—劉子倩
校　對—魏秋綢
編　輯—黃煜智
行銷企劃—張燕宜
封面設計—莊謹銘
內頁排版—綠貝殼資訊有限公司

發 行 人—趙政岷
出 版 者—時報文化出版企業股份有限公司
10803台北市和平西路三段二四〇號七樓
發行專線—（〇二）二三〇六六八四二
讀者服務專線—〇八〇〇二三一七〇五
（〇二）二三〇四七一〇三
讀者服務傳真—（〇二）二三〇四六八五八
郵撥—一九三四四七二四時報文化出版公司
信箱—台北郵政七九～九九信箱

時報悅讀網—http://www.readingtimes.com.tw
思潮線臉書—https://www.facebook.com/trendage
法律顧問—理律法律事務所　陳長文律師、李念祖律師
印　刷—勁達印刷有限公司
初版一刷—二〇一九年一月十一日
定　價—新台幣三八〇元
（缺頁或破損的書，請寄回更換）

時報文化出版公司成立於一九七五年，
並於一九九九年股票上櫃公開發行，於二〇〇八年脫離中時集團非屬旺中，
以「尊重智慧與創意的文化事業」為信念。

貓頭鷹在黃昏飛翔／川上未映子、村上春樹著；劉子倩譯. -- 初版. -- 臺北市：時報文化，2019.1
332面；14.8×21公分

ISBN 978-957-13-7668-4（平裝）

861.57　　10700

MIMIZUKU WA TASOGARE NI TOBITATSU
by Mieko Kawakami, Haruki Murakami
Copyright © 2017 Mieko Kawakami, Haruki Murakami
All rights reserved.
Originally published in Japan by SHINCHOSHA Publishing Co., Ltd..
Chinese (in complex character only) translation rights arranged with
Mieko Kawakami & Haruki Murakami, Japan
through THE SAKAI AGENCY and BARDON-CHINESE MEDIA AGENCY.

ISBN 978-957-13-7668-4
Printed in Taiwan